龙牙遒

卢胜祥 著

图书在版编目（CIP）数据

龙牙遁 / 卢胜祥著 . — 北京 : 中国书籍出版社，2016.8
ISBN 978-7-5068-5674-4

Ⅰ.①龙… Ⅱ.①卢… Ⅲ.①长篇小说—中国—当代 Ⅳ.① I247.5

中国版本图书馆 CIP 数据核字 (2016) 第 185798 号

龙牙遁

卢胜祥　著

策划编辑	李立云
责任编辑	李立云　魏焕威
特邀编辑	夏海龙　刘碧云
责任印制	孙马飞　马 芝
插　　图	苏 伟
封面设计	罗志义
出版发行	中国书籍出版社
地　　址	北京市丰台区三路居路 97 号（邮编：100073）
电　　话	（010）52257143（总编室）　（010）52257140（发行部）
电子邮箱	yywhbjb@126.com
经　　销	全国新华书店
印　　刷	长沙鸿发印务实业有限公司
开　　本	890 毫米 ×1240 毫米　1/32
字　　数	79 千字
印　　张	4.25
版　　次	2016 年 10 月第 1 版　2016 年 10 月第 1 次印刷
印　　数	1–20 000
书　　号	ISBN 978-7-5068-5674-4
定　　价	28.00 元

版权所有　翻印必究

皇天集命，惟何戒之？

当反复咀嚼那些被润色过的历史时，我有时候就觉得在文字的背后还隐藏着一个个更为真实的故事，抑或就活生生地看到一个个冤魂！感谢民间故事和民歌把一些真实的历史传承下来，或许，这才是上苍的声音。

当我刚刚可以咿呀学语的时候，就听爷爷辈的说书人在村中说"传书"，内容是什么尉迟恭、秦叔宝、护主守门、和尚治病等，似乎能听懂的就是这些了。这个故事就发生在我家门口，连我们村子的名字"三堂街"也与这个故事有关，村子里的老人们就是这么说的。

后来长大一点，我就成了放牛娃。小伙伴们沿着那条清澈的小溪，唱着含混不清的儿歌，把牛赶到后山。那山叫"黄旌山"，是村里的圣山。据老人们说，山上古时候驻过天下第一英雄。到了山上，真的能看见深深的战壕和筑砌的台地,奇了怪了!这黄旌山真的驻过兵吗?真的如老人们所说,是那个遥远的大唐英雄的兵营遗址吗?山的另一侧,一个古庙的残墙断瓦,在残阳中折射出历史的灵光。"龙牙寺"就是传书中那个故事的发生地吗?这种疑惑始终残留在我的心中。

后来,我就出村读书、从业、谋生去了。接触到那一段历史,尉迟恭、秦叔宝,历史上还真有其人,并且是堂堂盛世大唐的旷世英雄。但是他们真的在这儿驻扎过吗?这破败的古庙真与那大唐天子有过邂逅吗?不可能吧?脑海中闪过一个个念头。鬼使神差,以后无论是身在政府机关,还是游走市井社会,无论是游旅于隋唐故地,还是静坐于书市茶坊,一遇到与那段故事相关的资讯我就兴致盎然。

历史是胜利者的自传,但是,在史书的某个夹缝中,在民间的传说中,还是会显露出一些完全不同的景象。

在那个距今约1400年的遥远时空,发生过些什么故事呢?2015年,当我再回到残留着童年记忆的那个小山村时,沉淀在脑海中的画面,一幕幕放映出来,是那么清晰,连我自己都感到惊讶不已。我放下手头的衣饭活,提起连高考时写作最长的文章也只写过三页纸的笔头,把脑海中的画面,用时间之线串了起来,于是成了后面这个故事。

武德九年（626年）六月初四，一个腥风血雨的日子。正统的皇位继承人——太子和他的四个儿子以及相关的党羽亲信，被残酷杀害，太子妃机智地救下最小的儿子巨鹿王承义。承义由太子府詹事卫护，历尽千辛万苦，来到南方的一个小山村，从立誓报仇复辟到皈佛得禅，身心从磨难中解脱，智慧自磨难中升华，真性在磨难之后显现。

那个杀害自己亲哥哥——太子的秦王，也是情非得已，时势所迫。"弑兄逼父"篡位以后，一直战战兢兢、勤勤恳恳，一是想弥补对父兄的亏欠，二是想有所作为，做一个好皇帝。若论治国强邦他确实做到了。然而，他内心一直为玄武政变之事自责彷徨，神魂不安。因此，他一生都在思考大位的继承问题，但仍跳不出历史的怪圈，留下终生的遗憾。

在治世后期，他更因立嗣之事备受煎熬。终于有一个机会让这位如日中天的盛世皇帝走入乡间，与乡野文化接触，与宗教圣人面谈，留下了这些别开生面的故事，有些事情对皇帝本人，甚至对当时的朝廷，对后世都产生了深远的影响。

直到书稿完稿我都在拷问自己，有无亵渎正神？在终于鼓起勇气交稿之际，我感恩已往生的父母，是他们凝聚了我的精神，让我把传承一个故事视作神圣的使命；感谢我的妻子，在我迷茫落魄时给我坚定的支持；还要特别感谢郭辉、主陶、仕林老师给予我鼓励和帮助，让我有勇气坚持蹋行在陌生泥泞之中。打开心中的问号，是我孜孜不倦的缘由。

作　者

于2016年7月7日

农历丙申年六月初四

目　录

上篇　遗孤
　　萁豆相煎，死于执着
　　临危托孤，兄弟异命　　／ 001

中篇　洗心
　　盛世沉疴，生于忧患
　　智洗洗心，皇孙改姓　　／ 034

下篇　隐遁
　　释落尘埃，忏心寻亲
　　侍母南居，龙牙归遁　　／ 091

上篇　遗孤

萁豆相煎，死于执着
临危托孤，兄弟异命

武德九年（626年）六月初四，一个注定被历史铭记的日子。

卯时，太子建成和齐王元吉奉诏上朝，后面有太子府护卫薛万彻将军等一行紧随，兄弟俩身骑高头大马，威风凛凛，穿过北正街，通过玄武门禁卫，示意薛万彻等随护返回，然后，像往常一样正准备往临湖殿拴马，再徒步穿过玄武殿进太极殿面见父皇。斜刺里一骑猛冲过来，说时迟，那时快！齐王大叫一声"不好！"忙抽箭来射，不料对方出手更快，一箭已射中太子，太子应声落马。齐王的箭却射在那人外套上，那人闪电间甩掉外套，露出护身马甲，定神看时，那人正是自己的二哥，秦王李世民。只见他从马上滑下，向太子扑去。齐王气急手发抖，正欲再射，却瞬间冒出个黑脸大汉，来人正是秦王的贴心爱将，候任征突前锋尉迟敬德将军，尉迟将军挥剑砍来，齐王便一命呜呼。

玄武门守将们被这突如其来的变故惊得目瞪口呆。一刻钟前，先是捕司张公谨一班人由值守总管常何带进门来，说奉旨前来捉拿叛党，卫兵正等宣旨，一见秦王进来，立即行礼，不一会儿又见太子等进门遭射，其势不及掩耳，正欲发作，张公谨手举令牌，喝道："秦王奉旨查办叛党，谁敢造次。"众将被喝住，惊魂未定。薛万彻等被拒之门外，急得刀剑乱舞，秦王站起来，喊道："尉迟将军，宿卫皇上！"尉迟将军会意，提了齐王头颅，拖刀向太极殿跑去。

皇宫内，唐皇被昨天的事搞得心烦意乱，今早特意比早朝提前一个时辰诏左右两相——心腹裴寂、萧瑀来谈一谈，以便在早朝时对诸事做定夺。为了避人耳目，特意选在太极殿后面的海池中的龙船上谈话。

事情原委是这样的：前几天接报突厥来犯，唐皇自己正在估摸谁可以挂帅。太子极力推荐齐王，唐皇也觉得不错，正好可以锻炼一下齐王，再者不能让秦王屡立头功，以免居功自傲。太子建议调秦王麾下尉迟敬德、秦琼、段志云等将军悉数听令于齐王，并拟命尉迟敬德将军为先锋，唐皇觉得这样做有些过分，但也准奏了。毕竟上次想调尉迟将军外出当刺史，都没有调动，这次有军情在此，估计秦王也不敢反对，国家是大家的国家，天下是李家的天下嘛，拥兵自重，怎么能行？不料下旨后，出现很多怪事：一是秦王府出现异动，有的骂骂咧咧不肯跟齐王出征，有的说要回家种田。秦王倒没有说反对调兵的话，但说了一件让自己更加无法容忍的事，说太子淫乱后宫。岂有此理！二是太史傅奕密奏：外传"太白现秦分，秦王有天下。"莫非最近真的有什么变故？唐皇正要与二位大臣商议，听听这两位大智囊的意见，突然听见前殿一片哗然，心里想："不好！"欲下船询问，只见黑脸大汉尉迟敬德已到身边，手中提着还在滴血的大刀和人头，唐皇吓得一哆嗦："闯……闯殿者何人？"

"微臣尉迟敬德，奉秦王命前来宿卫皇上。"又说，"太子、齐王作乱，秦王起兵讨伐，唯恐惊动陛下！"

"太子安在？"

"已被诛杀。"

"大胆！"唐皇惶恐中面向裴、萧二人，"不料今日竟生此乱！现将如何是好？"

裴寂默不作声，萧瑀见状，对唐皇进言道："太子齐王已被杀，秦王又平定天下有功，不如就立秦王为太子，委以大事，将不会再起祸端。"

唐皇失声道："也只有这样了。"

尉迟将军进而请奏道：外面正在激战，请委秦王各军处置权。唐皇于是颤抖着手书敕令"戡乱谨于太子、齐王二人止。京城宿卫及各府兵丁皆受秦王调遣，不得违误！"裴寂和尉迟拿着敕令出到玄武门，争斗即止。太子府、齐王府护卫纷纷溃逃。

秦王进殿，突然双膝跪地，抱着唐皇的腿号啕大哭起来。哭是孩子闯祸后逃避父母追究的最好办法，这一哭抑或是几年委屈的大爆发。

这边秦王痛哭不已，唐皇目瞪口呆。那边太子府乱成一团麻。

本来太子、太子妃郑氏都是信佛之人，平时府里一切均井井有条，今天却真有些不堪其乱。昨晚齐王到太子府，报告太子："出兵征战突厥就定在六月初五出发，但奉旨调集的尉迟敬德将军等迟迟未来报到，而前方不断传来突厥兵逼近皇城的消息。莫非这次若不让二哥亲自挂帅他真会拥兵不动？我等如何向父皇报告？"

正说着时，宫内传来消息："秦王状告太子齐王与后宫尹、张有染，皇上正怒，诏太子、齐王明天早朝自辩。"太子寻思，莫非真的是树欲静而风不止？齐王恼羞成怒："二哥就是鬼得很，早知如此，不如当初一了百了。"太子忙止住道："兄弟之间，不得妄加猜疑。我想如此这般：第一，淫乱后宫之罪，非同小可。你我站得稳、行得正，平时与皇妃拉拉关系，与淫乱之罪毫无关联，明天定请父皇明察。第二，如果尉迟将军等明天仍不报到，我等报请父王，改为由太子统率众将拒敌，命齐王为副帅，李靖为前锋，另通知李艺（本姓罗，此时唐皇已赐姓李）从幽州发兵，切断敌之后路，此役或胜。第三，请父皇命秦王率部属留守长安保卫皇上和京都。不到万不得已不要有东移迁都的想法，那样国本将动摇，后患无穷。"齐王认为可行，并提示加强戒备，各自回寝。

今天丑时刚过，太子早起，睡眼蒙眬，心生疲惫。太子妃郑氏亦起，对太子百般怜惜："请太子保重！"

太子眼望郑氏，犹豫再三，启齿道："昨晚做了一个奇怪的梦，醒来就睡不着了，没有吵醒爱妃吧？"

郑妃说："太子做何梦？说来听听，太子有什么忧愁，容妾身分担！"

太子说："昨梦见在一个陌生的地方，父皇高高在上，对我说'我欲派你镇守东山，前段因宫内事务繁忙，由你弟元霸暂守，现在快快去吧。'等再望时，发现说话的竟不是父皇，好像是道信禅师，口中念道'大缘与性合，当生生不生，有情来下种，因地果还生。'不得其解，好生纳闷。"

郑妃暗说不好，但仍然表面平静地说："太子早朝跟父皇不要争辩，凡事放下便是新途。不过这几天宫内似乎不太平静,进宫前可召左右来,略作商议。"

旋即通知左光禄大夫云旗将军裴龙虔,京城宿卫骠骑将军冯立,禁卫军十二卫统李义余,太子府护卫薛万彻将军等,众人如飞到府。

太子说:"今日进宫,隐觉有事。尔等务必以社稷为重,如我有不测,火速报知庐江王李瑗,幽州都督李艺将军等。保卫皇上,保卫大唐江山要紧。"又吩咐道,"危急时请保护好安陆王。"

太子妃特意吩咐太子护卫薛万彻随护太子至玄武门,见太子安全入宫方可回府。

此时齐王到,吩咐再三,太子等起程。

旋即郑妃又叫来太子府詹事卢行瑫并带上幼子巨鹿王承义,一同向后宫赶去。她要迅速了解一下宫内的真实情况,并请几位知心的皇妃帮她解惑图定。

留在太子府的一干人等觉得今天气氛特别紧张,心慌意乱不已。

这边郑妃刚进后宫向尹妃、宇文昭仪等行礼,那边已传来太子被诛的消息,顿如五雷轰顶、天崩地裂。幸先前已有某种预感,所以听到噩耗,她反倒冷静百倍,马上止泪,跪向尹妃、宇文昭仪:"娘娘救人。"尹妃等顿时也不知所措,真是绝境逢生,凑巧这时有个御女李氏正在旁边,劝解道:"太子妃不要太急,凡事总是有办法的。"

郑妃回首看时，只见李女从容淡定，心想必是有主见之人，如是便道："请问，有何高见？"

李氏道："现在皇宫已大乱，唯有跟皇上、太子一条心的将军、都督们才有回旋之力。"

"这个妾身已安排，会有人火速通知庐江王等来救驾。"

"如勤皇之师能来，甚好！那就只要保护好皇孙。"

郑妃颇以为是，于是大家商量道，外面正在杀戮，王妃是回不了东宫了，幸亏皇孙承义正在身边。尹妃道："皇孙在这里并不安全，众知我等不得秦王尊重，下一步必定遭到搜查，要保全皇孙性命，只有躲到外面去。"于是大家七嘴八舌开始讨论起来，李氏道："我本是岭南新州之人，原被上朝选进江都，因故二番转入宫内。我的家乡天高皇帝远，加上南方归北不久，秦王的兵将暂时还管不到那里，只是如何出得了京城，如何到得了这千里之外的南蛮之地？"

郑氏道："臣妾父亲倒是正任潭州都督，兼统潭、衡、郴、道、永、邵六州军事，但是也在千里之遥，且只怕也自身难保啊。"

詹事卢行瑫因情急也被叫进门来商议，于是便道："现在危急关头，以保承义皇孙性命要紧，听说裴将军等保护皇孙安陆王承道向北逃跑，正被追杀，凶多吉少，其他皇孙及二府兵丁几乎全被杀了。"

郑妃又一阵唏嘘，卢詹事接着说："家父在襄阳任县丞，官小倒不会引起注意。如王妃信得过我，我愿以小命担保，护送皇孙隐藏于荆襄一带，待朝中柳暗花明，再送皇孙归朝。"

原来这卢行瑫也是有见识之人，行瑫出身于河东士族，范阳人氏。祖上卢度世乃北燕大将军。行瑫从小熟读诗书，勤练武术，立志成就一番事业。无奈时下当大官的都是陇西望族，求仕无门。后经父卢简携子求荐，被荆州刺史推荐给太子。太子见其聪慧神勇，便着其跟随左右，不久又晋为詹事。此番家主有难，正是报恩护主之时，卢某怎不挺身而出。郑妃见说，破泣道："权当重托詹事，容当隆报。"

卢詹事道："义不容辞！"

郑妃道："如此，我便同詹事带承义皇孙投奔令尊去吧。"

尹妃插嘴道："不妥，现在满京城追杀太子、齐王家人，郑妃定不得出去。"

正在为难之时，李氏说道："皇孙年方三岁，须有妇道中人悉养，我愿冒死替郑妃陪皇孙前往。"

郑妃感动不已，立马跪向卢詹事和李御女道："这厢我代承义拜谢两位再造之恩，以后你们就是承义的父亲母亲，如大事有成，当尊以国父国母之养。如京城动荡，望以亲子抚养之。"

龙牙道之劫后逢生

太子仁心飞横祸，皇孙承义命逢凶。
郑妃临危握一线，詹事铁肩担千钧。

卢詹事忙扶郑妃，说哪里敢当，为义主当效死耳！李氏也说："臣女本篱下之人，今蒙信托，定当以性命保护皇孙。"

于是商议妥当，由尹妃等待三更之时，安排送粪之车装三人出宫。三人一路向南披荆绕棘，星赶昼伏，历尽千辛万苦，终于得保生命。

秦王一顿号啕大哭，弄得唐皇六神无主。幸有裴寂等在旁边劝慰，只好将计就计，下诏定为：太子、齐王谋乱，秦王止乱有功。唐皇深知此时如不冷静处置，不但会断送李家江山，更可能性命难保。

生死面前，对错就不重要了！

接着依秦王奏请，改命秦琼（字叔宝）为左武卫大将军，程知节（字咬金）为右武卫大将军，尉迟恭（字敬德）为右武侯大将军兼京城禁卫都督，全国军队悉数听秦王调遣。

秦王出宫，与还在宫门口等着的亲信长孙无忌、房玄龄、杜如晦、徐茂公、段志云等会合，秦王终于收起哭丧的脸对这些生死兄弟发出会心的微笑。毕竟这帮人提着头参与自己兄弟间的残杀，弄不好，自己兄弟父子可以一笑泯恩仇，反拿外姓人士开刀怎么办。若换了别人的部属都不免会这样想，但秦王的这些兄弟可不同，正是秦王的魅力网罗了这帮生死与共的兄弟，实际上秦王最后的决心无不与这帮人的生死前途攸关。

秦王细声说道："大事已成。"

大家举剑向天，齐声喊道："秦王万岁！"

秦王也不制止，他知道叫"万岁"也不过是迟早的事了。于是，径直带人往太子府而去，刚到门口，只见狼狈不堪，二百多名太子私养的死士大部分仍在大门内外诚惶诚恐交头接耳，眷属们龟缩成一团。秦王微微挥手，众将士上去便砍。

少顷来报：皇孙承德、承训、承明已诛，承道、承义不见，太子府护卫薛万彻将军、千牛卫李志安将军、率更令窦师干将军与左光禄大夫裴龙虔向北逃遁，欲奔庐江王李瑗和幽州都督罗艺。

秦王下令追，于是徐茂公等飞马追出。

原来一干人等保护安陆王承道出得城来，裴大夫对薛将军等道，你等且往终南山中隐驻，我带安陆王去投庐江王，等搬兵前来，你们在此接应，清君侧可成。

薛将军等依计隐山中而去。

裴龙虔北行不到三十里即被徐茂公飞马捉住。

先前秦王吩咐徐茂公等去追裴龙虔时，又派出长孙无忌等如法杀向齐王府。

这时尉迟敬德和裴寂奉旨往各门止乱，见杀戮不堪，忙劝秦王当适可而止。秦王于是制止砍杀，并告尉迟敬德即刻起担任京城禁卫都督，严守京城秩序不得有半点儿差池。又吩咐道：太子府齐王府没籍封门，府中三师、詹事、率更、护卫等，着令尉迟将军择地暂且安顿，等候处置，特别叮嘱把齐王妃杨氏带到秦王府来。

交代完毕，已觉疲倦，遂回秦王府。

几近天黑，只见徐茂公押着裴龙虔与安陆王承道进来，秦王二话不说一刀将承道砍了，长孙将军亦将裴龙虔拖出去斩了。秦王这一刀不打紧，却被正从府中出门的秦王长子承乾闯见了，承乾今年刚满七岁，和承道同岁，平常兄弟几个都是在一起玩耍的。先是见堂兄弟被捆了进来，看见一对无助的眼神像触电一般直插胸心！正不知所措间，见父亲一剑下来，竟吓得呆在那里，如木雕般一动不动，两只眼珠鼓得如要爆炸一般，秦王猛见，悔愧不已，忙把剑一丢，抱着承乾进屋。可怜承乾脸色发青，浑身发抖，众人不知如何是好，秦王妃长孙氏急忙掐紧人中，稍倾承乾方才醒来，一阵骚乱。

见承乾醒来，秦王顿觉疲惫不堪，径往卧宫一头倒下睡了。睡了一会儿，似醒非醒，早上那血腥的一幕不停地在眼前晃动。

尽管在当时，为争夺皇位，杀戮就像家常便饭，自西晋末年，历经十六国，北魏，周齐至隋，有无数的天子皇嗣死于非命，但此时秦王心里还是非常自责，一是因为太子贤德，杀了太子连合理的罪名都安不上，二是秦王自己也非残暴之徒，和太子情同手足，自己真的于心不忍。

箭在弦上，不得不发，自己此时不当机立断，也可能死无完尸，所以虽有自责、愧恼，但也谈不上后悔，甚至还有点儿庆幸的感觉。

思绪回到六月初一晚与房玄龄的彻夜秘商。

那天唐皇下旨：调原秦王麾下尉迟敬德、程知节、秦琼、段志云、徐茂公等几乎所有将军去齐王府报到，说是协助齐王抗拒突厥进攻。

这道圣旨就是猪脑壳也想得到用意狠毒，早几天齐王率兵抗突厥已败下阵来，为何还要他挂帅？秦王不是百胜将军吗？为何闲之不用？又为何偏调秦王诸将去帮忙？

秦王甚苦，众部下亦义愤填膺。程咬金嚷嚷：老子丢下瓦岗父老来投唐，想不到受这窝囊气，老子回家种田罢了。

徐茂公眯着那双道士的细眼睛喃喃说道："皇上容不下我等了啊，大唐不需要我等了啊，现在大唐快要稳定了，有一帮陇西老爷们维护朝纲，用不着我们这帮打打杀杀的乡野村夫了啊。狡兔死，走狗烹，等着掉脑袋吧。秦王若要救我们，可能真要做个刎颈兄弟了；如果不救我们，等你身边无一兵一卒之时，牢狱生活享之不尽呢。"

尉迟将军急得直跺脚："他奶奶的，一刀把狗太子杀了算了。"

眼看大家七嘴八舌，空有怒气，寻不得法。房玄龄知道这样吵吵闹闹不但解决不了问题，反倒容易引来杀身之祸。于是说道："大家不要这般吵嚷，待秦王做出决策，大家须生死服从，先休息去吧！"

人多嘴杂，不宜商量大事。秦王屏退左右，与房玄龄一起进到内室。秦王知道从今天的情形来看，牌不得不摊了。房玄龄深谋远虑，定是自己可与谋之人，后来他说过这样的话"光武帝得了邓禹，才得以天下大治，房玄龄就是当时的邓禹啊。"

秦王问："先生有何良策？"

房玄龄："这本是你李家的事，外人说了恐怕惹火烧身！"

秦王道："自从先生大业末年与本王共事，这么多年，本王有疑虑的事必问先生，先生已是我的依靠了，但请不要顾虑。"

房玄龄："秦王与太子之间的矛盾已非个人恩怨，一旦公开争战，不仅危及家族，国也堪忧，既如此，秦王何不学周公平定家乱。"

秦王道："先生说的是。"

秦王心想从虎牢关大捷回京自己耀武扬威起，内讧就不可避免了。自己战功甚伟，居功自傲之心是有的，那时也曾想，纵有万般本事，不是长子就只有做臣子的命。自己功劳这么大，父皇、太子（以后的皇帝）定会对自己以礼相待。做个一人之下万人之上的大首相，统筹军、国大事也何尝不可。

可是唐皇、太子并不这么想。

功高盖主的教训就在前朝。

所以，从前线一回来，唐皇表面上对秦王升官晋爵，实际封的都是虚官，设天策府掌管天下兵符参谋事务，是不能带兵的，实际上找各种借口把秦王带回的兵将派到前线边关或别的将军麾下去了，只是安排秦王在天策府做个空头大将军，发挥点余热罢了，同时还下诏特许设立文学馆，看起来是前所未有的恩赐，实际上是叫秦王息武修文，写点兵法、回忆录之类以给李家后人享用。

秦王看到这架势无可奈何也就罢了，偏秦王身边这些兄弟不干了！秦王难道是吃素的吗？我们不是跟随你豪气秦王来的吗？你偃武了，我们还干个球，这帮草莽纷纷各显神通，抗旨的抗旨，不到岗的不到岗，开溜的开溜。

于是唐皇很生气，后果很严重！祸及秦王，唐皇甚至对裴寂说："儿（秦王）久典兵，为儒生所误，非复我昔日子。"一些谋士和齐王甚至已定下刺杀秦王的方案，但因太子阻止才没有杀成。

秦王心彻骨地寒，有时埋怨唐皇，跟你出生入死，打下个江山还没有我这个首功的立身之地，早知如此，我还不如跟随你那表弟我的岳父当太平驸马，享受荣华富贵呢！

延至今日，火已烧到眉毛，不在沉默中死亡，就在执着中爆发。

一阵迷惘之后，秦王从回忆中转过神来，幽幽地对房玄龄说道："我想待他们行动之后，采取周公诛管蔡一样的措施，以使天下信服，怎么样？"

房玄龄："生死存亡的时刻，只有当机立断，秦王你虽有天下美名，然京城禁卫全是皇上太子的人，一旦他们步步紧逼，秦王定无还手之力！"

秦王："这可如何是好，那时我们连动手的机会都没有啊。"

房玄龄："人算不如天算，敢于冒险的话，生机还是有的。"

于是两人经过整夜的沙盘路演，秘密制定并亲自导演了一场玄武门杀戮连环计。

二人分析：一是不能等到太子齐王调动兵卒，所以必须在齐王抗突厥出发前。二是绝不能惹恼皇上，最好他能帮点忙，实在不能帮忙，也不能让他帮倒忙。此时跟他说理恐怕不行，此时唐皇一门心思在帮太子，说越清白的道理越会对你更加提防，所以必须来点迷魂汤。三是出其不意先发制人。

于是二人分头行动上演了几出精彩戏前戏：二日一早房玄龄根据前一天的天象，造出谣言"太白见秦分，秦王有天下。"暗叫道士传给太史傅奕，傅奕本来觉得这几天京城躁动诡异，听到传闻，立马密报唐皇。

二日晚秦王秘密将自己的一副铠甲挂到父皇爱妃张婕妤门外。

须知这两大动作都是可以使秦王掉脑袋的买卖，但不走险棋，局势如何翻转？

果然奏效，三日唐皇即传秦王入朝。

须知这一向唐皇对秦王不冷不热，秦王想见唐皇还见不到呢。

机会终于来了!

唐皇一见秦王阴阴地把铠甲拿出,说道:"你什么意思,朕知道你与张氏等不和,埋怨朕偏袒她们,你心有不平,你莫非怀恨在心,明目张胆,示以兵器,吓唬人吗?你要怎么样?"

秦王说:"不是儿臣记怨往事,只因不好启齿的原因,说出来怕父皇烦恼,所以把铠甲挂于门上,希望他们检点。"

唐皇迷糊:"什么事啊?"

"儿臣昨夜从宫门路过,听见太子、齐王在里面与尹妃、张妃低声浪语,不堪入耳。"

唐皇大怒:"岂有此理。"

正欲发作,但旋即又停下,觉得事有蹊跷,说:"明天着太子、齐王和你三人上朝对质,看到底谁想欺侮朕。"言下之意,唐皇仍是维护太子的。

接着,唐皇又拿出傅奕的密奏,问秦王:"你是想当天子了吧?昔日要你修文学馆,学习如何治理天下,你不服,天天围着那帮粗夫转。朕知道你战功盖世,想让你去洛阳,朕想把一半江山给你,你还不满足,莫非真想要整个天下不成?"

秦王这时反倒冷静,内心笃定,目的是:一让父皇心乱,二是明天太子齐王会如期上朝,其余只要不惹恼父皇今天就把自己杀了就行,于是装着惊恐万状,双跪五着地,头磕出血,呼冤说:"冤枉啊,儿臣只想为父皇分点忧,如今分明有人借父皇的刀杀儿啊,他们是为王世充、刘武周报仇啊!"

这一哭,唐皇也冷静了下来,毕竟是自己的亲生儿子,毕竟战功显赫,总不能因一句谣言就把儿子杀了吧!当年猜疑心如此重的杨氏父子,也没有因那句"桃李熟,有天下"的谣言就杀了自己呢!于是吩咐道:"明天早点上朝来,给你们一个交代,现在突厥都打到家门口了,你们看怎么办吧!"

唐皇不知,日月已挪移,乾坤须再定,天大的事端就要爆发了。

你说秦王为什么对后面的安排会那么有把握呢?因为有两个人的参与,使原来难于上青天的事,竟如履平途了。那这两个人是谁?一个是玄武门守备常何。此人原是瓦岗寨徐茂公的下属,作风严谨,英勇善战。归唐后先跟太子出征,后选为帝师北城禁卫军首领,现正值守玄武门——明天太子齐王进宫必经之道。别看常将军遵规遵矩,严谨守命,可是当瓦岗兄弟来求时,却是"兄叫干啥就干啥",没有半点儿犹豫。

另一个人是京城捕司张公谨,此人原是秦琼的手下,归唐后短期被太子派往幽州都督罗艺手下当州丞。上传下达，领会中央意旨又团结威镇北方的大都督罗艺，深得太子赏识，被调入京城任捕司。官职不大但可以自由带兵在城门间走动，这可是天赐良机！旧上司秦琼向秦王推荐，秦王甚喜，这张公谨还直接参与了三日晚秦王府的密谋。

三日晚，秦王、房玄龄两计得逞后，又生一计，假以太子府率更丞王珪告密之名，说："太子齐王欲于昆明湖为齐王送行时诛杀秦王及诸将"，于是大家生死攸关，退无可退，只有拼死一战，方有生机，没有二话了。

剧情终于不可逆转，于是上演了早上那血淋淋的一幕。

秦王仍处于惊恐之中，躺在床上，身体不想动弹，思绪如脱缰的野马，心中念叨着"大哥，原谅我吧！"自衬：其实大哥（太子）对我还是有很多好处的，尤其是小时候，比自己大九岁的哥哥处处维护着弟妹们，五弟智云在跟大哥从河东归晋阳途中被阴世师杀害之后，大哥显得更重亲情，对弟妹们更是护爱有加……秦王的思绪一下飞到与薛举那场殊死的战斗。

武德元年（618年），父皇刚从杨侑手上接过政权，取消"义宁"年号，立马不宁起来，甚至是四面楚歌，于是父皇派皇兄东征洛阳，命自己西拒秦陇，以解长安之危。

当时西面的薛举、薛仁杲父子率十三万大军如汹涌的潮水卷土而来。起初，秦王觉得薛举父子西狄梁子不会有多大的战力，于是布兵排阵，骑对骑，士对士严阵以待，但薛军不按常理出牌,并不与我军对阵,而是让骑兵如旋风铁流一样在我阵中划过,将我阵势冲散,不待我重整旗鼓,又一阵旋风吹过,我军被冲大乱,阵地一退再退,敌军很快占领了长安屏障扶风城。眼看都城危急,父皇跺脚大骂,还险些把大唐元勋刘文静杀了。情急之时,只得将皇兄从东线战场匆忙调回,大哥一来,立即采用"辗盘"战术,用战壕、战车步步推进,先使敌骑兵发挥不了优势,抵住了薛军的凌厉攻势,然后用"火牛"冲散敌军的骑兵队列。待敌人从马上下来,我军便发挥步兵的优势,兄弟俩及刘文静、殷开山等将士发起一阵又一阵的冲锋陷阵,终于把薛仁杲生俘,薛举丢下数万骑缩回秦州(天水)去了。

那时的兄弟可谓生死相依,舍身相救。自己也从心底里感谢皇兄、佩服皇兄。顺便说一句,秦王后来大位已久,再去扶风时,仍不免心潮澎湃。尽管其时哥哥已被追封为隐太子,正史上无战绩见陈,但哥俩那旧时洁白无瑕的情义怎么也挥之不去,写诗道:

"昔年怀壮气,提戈初仗节。

心随朗日高,志与秋霜洁。"

这当然是后话。

这次战役之后,京城之危基本解除,唐皇从此开启了谋取天下的大幕。

父皇基本上把皇兄留在身边，处理军国大事，诸如"解放区"的治理、兵源粮草、战役谋划一类，而把在外南征北战的任务几乎都交给了自己。后来，大战刘武周三日不解甲，一日杀八场。虎牢之战，一计胜双雄。一场场腥风血雨，威望日隆。特别是智取瓦岗，自己最得意的杰作完成，不但军威日盛，更因收罗了一班英勇善战、所向披靡、肝胆相照、生死与共的战将，从此心欲也随之膨胀起来。不管父皇当初的决策是对是错，随着一幕幕惊心动魄的大战结束，兄弟之间势力、声望发生了此消彼长的变化，隔阂也由此产生。

秦王的思绪仍在翻滚，以前的场景在眼前一幕幕重映，仿佛又看到自己出道时，不过十四五岁时的飒爽英姿，那时跟父兄在兵营磨炼，不久就开始带兵，天赋还是不错的。那一年，父皇起兵时命大哥和自己为左右两路的大将军。皇兄那时已二十六岁了，已有多次战斗经验。而自己才十七岁，经验不足。尽管得到皇兄左路军的各种支援，但自己初生牛犊不怕虎，几场大战，也有声有色，很受父皇的欣赏。

脑海中，镜头又转向隋大业十二年间跟随云定兴将军雁门关救主的场景，那次自己"散灯布兵"等一些建议很得云将军赏识，自己也从云将军那里感受到很多霸气、豪气并学习了治军本领，为后来积累了资本，那次隋皇因身遇绝境而得救，所以对秦王很是器重，回朝后做了一件事让秦王刻骨铭心，又生出很多事端。

那年秋，隋皇杨广回东都，很得意，对唐皇即当时唐王说："令郎风流倜傥又救驾有功，我欲将公主下配令郎如何？"唐皇诚惶诚恐，明知杨广是欲将公主配给秦王，但那时太子、秦王都已娶亲，公主嫁给下臣已是降恩，岂能为偏室？于是说道："奏请皇上，微臣大郎二郎都已娶亲，微臣正在为四子寻找良缘，如皇上开恩赐婚，谢主隆恩。"随即下跪谢恩。隋皇金口已开，不好收回，不过听说唐王四子元吉奇丑无比，就来了个小动作，将亲王杨雄的女儿顶替嫁了过去。唐皇那时正愁齐王太丑找不到老婆，听说杨雄的女儿也是个漂亮胚儿，于是欢天喜地，娶进门来。

那边齐王天上落馅饼喜不自禁，这边秦王可郁闷得不行，本来是我的好事却被四弟抢了，不满挂在脸上，怨言粗语流于嘴边。那一次兄弟外出打猎，又说起妻子的事，秦王随口说道："你的妻子是抢的我的！"齐王平时本来就为自己的面貌自卑，在英俊大哥、潇洒二哥的面前抬不起头来，被二哥这么一说，气不打一处来，话不投机，兄弟于是就厮打起来，最后竟用剑来真的，幸亏大哥扯开，兄弟之间从此结下了怨种，以致后来齐王与太子结成了天然联盟。

秦王也不是有仇不报的主，义宁元年（617年），李家刚拿下大兴（长安），便将当时儿皇帝杨郁的姑妈，杨广的二女儿真公主强行接入府中，这时杨广在江都性命堪忧，哪管得了公主的婚事，不要说做大做小，做侍女奴婢都没法顾及了。

到了第二天下午，众亲信前来探问。房玄龄守在榻旁，只等秦王休息好了，有好多事要报告要商议。长孙王妃熬好鸡汤，只等夫君醒来喝点。可是秦王就像遇魔一般，两眼直勾勾，坐一小刻，喝一点递过来的汤水，又像木头一样倒在床上。

秦王继续胡思乱想，似睡非睡。心中不断地追问，是什么导致兄弟势不两立，到了要以生命来了结的地步？

如果说皇兄跟随父亲左右，助其举大事，守大兴，定关中，稳局势，用"文韬武略"来形容，秦王自己驰骋南北战场就可用气吞山河、摧枯拉朽来描述。

正是靠秦王勇往无敌的精神，战胜了一个又一个强敌，同时用万丈豪气，征服了各路英雄。那种怀柔在前，兵戈在后的统战战术可以说是秦王的一大法宝，令昔日敌阵的枭雄变成了砍了脑壳可共疤的生死朋友，特别是争取到瓦岗的众义士。这帮叱咤风云的英雄豪杰，隋末乱世时揭竿而起，不认什么帝王将相，也不论什么温良恭俭，只认天下生死弟兄。他们积聚成团所向无敌，成为中原最大的势力集团。后来发现那帮主李密纵有万般奇谋，但是重权轻义时，不免心灰意冷，豪情秦王的出现让他们看到希望，于是义无反顾地加入秦王麾下。他们认的可不是君君臣臣的忠，而是唇齿相依、生死与共的义。

当以唐皇和太子为中心的陇西贵族发现这支草莽队伍异军突起时，疑惑、戒备渐渐增多，收买离间各种手段都用上后，仍不能分化时，斗争便开始白热化了。

自己最后一搏竟与骨肉兄弟相残，真不见得就全是为了所谓的社稷江山。自己被逼到悬崖，加上这帮刎颈的异姓兄弟推波助澜，才是自己痛下杀手的原因。

睡梦中秦王在内心听到一个声音在说，开弓没有回头箭，你不能重蹈杨广（你那志比天高、心如蛇蝎的表叔和岳父）的覆辙。你必须比皇兄做得好，不学父皇优柔寡断，要学老隋皇（你的姑爷爷）的雄韬伟略。你必须振作起来，做个好皇帝，让世人忘记你弑兄逼父的罪行。想着想着，秦王的头像灌了铅水一样越来越沉重，渐渐感到支撑不住了。

朦胧中好像睡着了，梦中看见一个人向自己走来，正用双眼狠狠瞪着自己，定神看时，正是自己长久思念的母亲，此时母亲一改慈祥的面貌，而是对自己怒目而视，秦王感到自己像一颗雪球，正被母亲的怒火融化，越来越变小，越来越冷，越来越觉得害怕，最后自己用尽全身力气猛然一滚，醒了，吓得一身冷汗。

众人见着秦王已醒，连忙扶起，送上汤水。一问已是六月初六下午了。

秦王觉得饥肠辘辘,正欲起身吃点东西,忽然听报,突厥兵探知我宫廷有变,竟如饿狼扑食般向长安袭来,已至渭水北岸,离长安仅四十里地了。

秦王大惊,忙召裴寂、萧瑀、李靖、宇文士及、房玄龄、杜如晦、秦叔宝、徐茂公、程知节、尉迟敬德等新老大臣前来紧急会商。

裴寂道:"武德四年(621年)后,皇上就没有大规模向突厥送钱送物了,当初皇上曾跟可汗说'我去收复江山,地盘我要,财富美女归你。'开始几年倒也平安无事,这几年钱物少了,突厥却较起真来。这次本来也是想骚扰骚扰带点钱粮回去,但知道宫廷生变后变本加厉起来,看来来者不善啊!"

宇文士及道:"北路原来是太子亲信守卫,上次齐王抗战本怀私心,没有尽力,现在前线的一些将士也不是拼死抗敌,形势严重啊!"

秦王问秦琼及程将军兵力安排情况,答:"我等将士都去东南剿战去了,北面最大的军队是幽州都督罗艺,远水救不了近火。"

秦王顿时吓得一身冷汗,大叫不好!思考一刻,随即吩咐:"李靖将军、张公谨将军速调你们的部队北进在幽州南部秘密驻扎,秦琼、程将军立即将军队向北调配,准安王李神通调你的部队保卫京都。尉迟将军派你的部队连夜赶往突厥左路军方向,左路军头领突利可汗平时与我有交,你去后秘密通知他后退五十里,如不退你集中兵力猛攻他的大营,定会成功,明天早朝我要父皇给我授权,此仗方能打赢。"

第二天六月七日早朝请旨,唐皇道:"秦王自己想办法呀!"

秦王奏道:"兵临城下,要有非凡措施才能却敌。"

"什么措施?"

秦王说:"太子已死,我军很多还在疑虑中,这对调兵打仗是大忌,况且敌方以为我们宫廷已乱,无人做主,野心大增,欲敌难退。"

唐皇这时还未从痛苦中恢复过来,知道这北梁子比薛举刘武周更厉害,只有让秦王处置了,于是便道:"突厥这贪得无厌的家伙,必须严加教训,这样吧,现在立即封你为太子,国家大小事务都由你来做主,然后只要奏我备个案就行了。"

秦王(此时已是新太子,为免引起称谓混乱还是叫秦王)得到权柄,知道事关重大,刻不容缓,即刻派人找到突厥营中的知唐派执失思力,执失思力这时正被颉利可汗委派欲找唐新当家人谈一谈。

谈判开始:"我不是来要你的地盘的,我要财宝美女。""坐受宝玩是你父亲亲口答应的。"

"我要大朝尊严,你们必须退兵,我给你财物。"

于是协议达成。

秦王改变了唐皇不再向突厥送礼的政策,并且送就送个够,倾其家当"空府库""遗赐玉帛多至不可计"。这就是王者气概,"留得青山在,送礼算什么"!

胸有成竹后,秦王轻率长孙无忌、段玄志、侯君集、高士廉、杜如晦、尉迟敬德六人前往渭河岸边与突厥颉利可汗单独会面,这可把左卜射萧瑀吓出一身冷汗,连突厥将士也佩服不已,于是下马行礼。史记:"太宗独与颉利临水交言,麾诸军却而阵焉。"

一个要面子,一个要里子,皆大欢喜。颉利可汗带着满车满车的财物北归了,还得意地对部下说:"李二这小子还算可以,不知下次还有没有这么大方。"他哪里会预见,这次太放肆却招致日后的倾朝之祸。

秦王退敌回朝,满朝文武佩服不已,英雄只有在最关键、最危难的时候方能显英雄本色。

满朝欣慰,秦王正踌躇满志,要干一番大事,以勉后人诟病。

不料迈开第一步就有些挫折,事情是这样:秦王想既然要我主事,自然要安排我的人,想在唐皇原班人马的基础上加上自己的心腹,再录用原太子府有才干之人,搞一个满堂彩。不料旧人新官之间沟通困难,办事风格不一,决策总是贯彻不了。

一不做,二不休,半遮半掩的家当不好,不如一个人单干。于是就退敌余威再次逼宫,解决了唐皇由半退到全退的问题。

八月初,唐皇应太子(秦王)之约上朝,二人对话,秦王:"请问父皇,天下该由什么人治理?"

唐皇:"天下该由圣贤者治理。"

秦王:"那有时不是这回事怎么办?"

唐皇警觉,说道:"周公以来,讲究长幼,讲究君臣、师生之分。"

秦王:"冒犯父皇,您那时只有七岁,还是庶出,上有三个伯伯为什么是你继承唐王爵位,而他们不能?"

唐皇脆弱的神经被挑衅,心底想,要不是他那姨父杨坚,自己再有本事也当不了唐王,更没有今天。所以,当那位悍妻窦氏说隋王的坏话,自己总是气不打一处来,如果礼制能让自己继承姨父的皇位,那大隋一定可以繁荣百世。听到这一问,唐皇暴躁起来,骂道:"庶子(其实秦王不是庶子,这是当时最严厉的皇骂),你要说什么?"

秦王也不怕惹恼唐皇,今天的目的就是让他彻底交权,轻声道:"父皇息怒,我想说的是,天下要治理好,必须交给有能力的人掌管。"

唐皇："不是把大权都交给你了吗？你究竟还要什么？"

秦王："可是你的那些旧臣不听我的指挥，有的政令不通，有的搞裙带关系，之所以这样，那是因为有你罩着，不把儿臣放在眼里。"

唐皇："借题发挥！朕何曾庇护过他们。你要朕全退，情何以堪。你把朕关起来，舜囚尧？那还不如让我去见你娘呢！"一阵牢骚。

秦王："你给我一个机会，我回报你一片精彩。至于你退位待遇，包括后宫，一概保留，怎么样？"

唐皇心松动了，是啊，毕竟天下只有一个天下，你喜欢玩就让你玩去吧，天下女人有的是，你可不要打破朕这碗了。

秦王："那就这样定了，皇宫还是你的，我就在东宫即位，您做太上皇，永享清福，我为你治理天下，可好？"

唐皇无可奈何，下诏八月八日，禅位于太子（秦王），本人做太上皇，不管朝事。

秦王目的已经达到，马上回去和心腹准备登基大典。

从此以后，皇帝就是后世人口中的文武大圣大广孝皇帝、天可汗、唐太宗。以前的唐皇，如今尊称太上皇。

皇帝即位，旋即论功行赏：

长孙无忌、王君廓、尉迟敬德、房玄龄、杜如晦封

1300户；

长孙顺德、柴绍、罗艺、李孝恭封1200户；

侯君集、张公谨、刘师立封1000户；

李绩（徐茂公）、刘弘基封900户；裴寂加封900户，原为1500户；

高士廉、宇文士及、秦叔宝、程知节封700户；

安兴贵、安修仁、唐俭、窦轨、屈突通、封德彝、刘义节封600户，萧瑀加封600户（原1300户）。

刘文静已死，封偿已无意义。

加官晋爵：太上皇时的左右两相，左相裴寂为开国元勋，与刘文静自从太原密谋起事一直是太上皇的左右手，刘文静因"不识时务"，不时为秦王说话，竟被太上皇和裴寂设计杀了。要是在世，肯定是首相人选。这裴寂可是不同，打仗不如文静，谋略强人一筹，一直以来与魏征等劝隐太子处理皇帝（秦王），这次可不能让他再高高在上了，升任司空，明升暗降。右相萧瑀没有参与排挤自己，这次做第一任左仆射（即左相）。但因行事作风与皇帝不同，几个月后这一职务被房玄龄取代了，命房玄龄、宇文士及为中书令，长孙无忌为吏部尚书，杜如晦为兵部尚书，秦琼为左武卫大将军，程知节右武卫大将军，尉迟敬德为右武侯大将军。

这次宫廷政变实际上是秦王领导草根将军向陇西贵族

集团发起的一次全面夺权，随自己多年的瓦岗军将得到重用，扬眉吐气，有时未免有些嚣张。

一次太上皇生日宴请群臣，尉迟敬德竟因座次问题与任城王李道宗大打出手，尉迟敬德口出狂言："汝有何功，却坐在我上！"

太上皇听了气得发抖，知道现在是儿子的天下了，只是喃喃说道："任城王道宗，是朕宗支，不要说有功无功，就是他僭越了，今日是个良会，也该忍耐，为甚竟动起手来？"

皇帝也知道太过分了，起身向太上皇请罪。

次日视朝，皇帝不悦，敬德自缚请罪，众臣怀惧，皆为跪求情。皇帝道："朕欲与卿等共保富贵，然卿居官数犯法，朕不以过而掩卿之功，乃知汉室韩彭一旦菹醢，非高祖之过也。"敬德叩头。皇帝道："国家纪纲，惟赏与罚，非分之思，不可数得，勉自修饰，无致后悔。"

从此旧贵和新宠之间的矛盾有所掩息，施政得以通行。

皇帝从自己父亲开始上溯，看看成功的皇帝是怎么做的，失败的皇帝又做了些什么，对比权衡取舍一番，渐渐形成了自己的治国方略：

一曰均田；

二曰科举；

三曰明律；

四曰简吏；

五曰奖生；

六曰屯边；

七曰开驿；

八曰和潘。

  其实前四条就是从父皇顶礼膜拜的隋文帝那里学来的，只是隋末动乱，有些政策荒废了，需要重新恢复。只捡了这几条，中兴的局面就基本打开了。加上后面几条算是皇帝的创新，概括起来就是简政放权少赋，再简而言之，叫"无为而治"，推行之后效果良好。

  所谓治大国如烹小鲜，皇帝起初以为百业待兴，起码也要十年八载才能实现的振兴，谁知三年就全部实现了。百姓真的就像蜜蜂一样，只要你不去频繁招惹他，他就会不辞劳苦不断地造出蜜来。

  短短几年，就出现了道不拾遗、夜不闭户、四方祥和、万国来朝的大好局面。

  皇帝有一个习性，就是朝堂上不苟言笑，下朝后喜欢串门。这会儿心性甚好，串至房玄龄府上，神吹起来：太上皇那时给杨郁建字号"义宁"，就是希望看到今天的景象吧！杨广那时天马行空，只想建立亘古大业，不料最后却众叛亲离，若看到今天的景象，不知是何感想？

房玄龄道:"隋炀帝现在还埋在扬州的荒草之中呢!"皇帝于是下令按帝皇的规格重新安葬,这里可以看出,皇帝虽然每天板着一张苦脸,可他也不是无情无义之人。葬了炀帝,皇帝很是得意,作诗一首:

虽无舜禹道,幸喜天地康;

百蛮奉遐赆,万国朝未央。

不过得意只有那一瞬间,其实皇帝有一个心病,就是常常做噩梦,经常梦见母亲在骂他,常常梦见那些死去的人向自己索命。只有秦叔宝和尉迟敬德这两个砍脑壳兄弟在旁,才可以安睡一会儿。

这万人景仰的皇帝生活,其实如煎如熬。

中篇　洗心

盛世沉疴，生于忧患
智洗洗心，皇孙改姓

这是江南一个无名的小山村，历史注定这是个有故事的小村。

逶迤雪峰大山，从南面高耸的云端逐渐向北倾斜。一条奔腾咆哮的大江从大山深处滚滚而来。这是一条古老的河流，古时候叫作蚩水，听说华夏的祖先之一蚩尤就住在这大河源头。现在叫资水，资水流到此地猛地向东一个大转弯，传说这个大湾是一条义龙被一个和尚救生，回到大海去之前回头深情一望而形成的，叫龙头湾。转弯的江水，把大山截断，在大江的北面留下两座山峰，像两颗被遗落在盆边的宝珠，与南面的群山相比，显得既孤单又高傲，两座山峰头朝向北，好像故意跟身后的群山作对似的，两山中夹着一个小村，溪水被挤得向南而出，这与周边其他山村的流水清一色顺着雪峰山脉向北流显得格格不入，两山中有一个缺陷，形成一个山坳，从山坳向北望去，就是一望无际的洞庭平原，平原中间偶尔还有一些隆起，但这些充其量只能算作丘陵，再也够不上叫作山的峰了。

村子北窄南宽，到了江边，出现了一片开阔地，溪水被分成三股，灌溉着村口的土地。所以，小村的田地肥沃，村里的乡民安乐，分工自然，河边的几户人家以织网捕鱼为生，村口几十户农家日出而作、日落而息，重复地翻耕着这片生生不息的良田，村尾靠山的人家以狩猎为生。小村北面被高山阻隔，南面隔着大江，向东的江边是悬崖峭壁，连纤夫都望而却步，向西江边自古有一条羊肠小道，那是从山北隘口延伸而来，再向西然后向南伸向神秘雪峰大山的一条曾经的驿道，时过境迁，这条羊肠小道几乎被废弃了，村里的人们过着与世隔绝、自给自足、悠然自得的生活。据说南朝的时候，外面换了两个皇帝，村民们竟全然不知。

忽然有一天，小村的宁静被打破了。

村里来了三位不速之客。男的，三十出头，气宇轩昂，浓眉炯目，肩宽腰直，一看就是个英雄模样；女的，年纪稍长，尽管衣着并不华丽，但整齐得体，岁月遮不住俏丽的身形，说"美若天仙"不足以描述其庄重，说"雍容华贵"不足以形容其靓丽。小男孩六七岁年纪，清瘦胆怯，目转睛移。三个应该是一家人，听口音，看气质，绝对不是上游顺河流而下的山民，更不是小村附近的来客。他们何许人也？客从何来？村里传说分明是三个神仙下凡来了，村东头风雨港边的周老头甚至绘声绘色，说亲眼看见神仙下凡的过程。

村东头的这条溪水被叫风雨港，那是因为小溪正对着资水的龙口滩，水流湍急，激起水花数丈高，落入小溪，就算是晴天也是如下雨一般，崖边云生晴亦雨，龙口滩响昼如雷。那天中午，听得一声闷响，只见水浪中冒出一大汉，一手牵着一人，一手抱着一人冲出湍急的水滩，蹬蹬蹬，踩着水，如履平地，飞一般冲进小溪，飞到岸上。到周老头眼前时，只见湿淋淋三个水人，直打寒战。周老头忙把他们领进自己的小茅屋，换上干衣服，招待他们吃了地瓜。问起来由，语焉不详，只说逃难来的，请行方便。看气质，听谈吐，不像逃荒之人，加上亲眼看见人家从浪头里飞出来的，所以，周老头认定是神仙错不了。

三人不是什么神仙，而是九死一生从京城逃难出来的，太子府詹事卢行瑫、御女李氏和太子幼子巨鹿王承义。

那日，三人躲在送粪车中出得宫来，依约向南奔走。一路只拣小路避开人群，日至下午还未进一粒米食。李氏道："将军且去弄点吃的吧。"行瑫领意，行囊中取出一锭官银欲去买点吃的，行到一群人边，遂打听，那一群人见到官银，伸手就夺了，还说你是做贼的吧？要不怎么有官银？行瑫欲分辨，那群人分明不是好鸟，骂骂咧咧抢着银子走了。

行瑫这才想起出宫匆忙只带几锭大官银，细软不全，容易引起祸端。这以后两人只好轮流一个看管小承义，一个乞讨，一路艰难步行。总之目标只有一个，保护好承义。

这样行行歇歇，不知过了多久，终于到了襄阳地界，

龙牙遁之惊慌离京

皇城三载晃间过，离京一日苦三冬。
寒饥不敢伸乞手，唯恐身后有追兵。

喜不自禁。进城打听，"有一个叫卢简的县丞老爷，我们是他远房亲戚"（也不敢说是儿子，生怕露出破绽），

答:"是有一个卢简卢老爷,一个月前得急病死了,听说没找着后人,由族上出资扶柩往老家范阳去了。"行瑶也不敢说什么,忠人之事,连孝道都顾不得了,遂向北方磕了三个响头,默默然继续前行。有说道:天将降大任于斯人,必先劳其筋骨,饿其体肤,苦其心智。但对于受如此之多苦难的卢行瑶,天又将降何大任耶?

两人商议,只有往郑老爷郑都督的地盘去了,听说此去潭州府远隔千里,中间还隔着梦泽九江,到了巴陵还要溯江而上。

"日惨惨兮云冥冥,猩猩啼烟兮鬼啸雨。"走吧!走吧!只有这条路了,他们寻思着。一路先坐船千辗万转到

龙牙遁之逃难艰辛

昨日浮奢如云雾,眼前半碗维三命。
巴陵冰雪三尺厚,长安怨恨千丈深。

达巴陵地方，只有从人家门前新桃换旧符才知道又过去一年了。幸亏小承义乖乖听话，一路三人扮作一家，乞讨、帮工什么都干，挨饿挨冻吃苦受累什么都不怕，只要能活下去，只要不被捉住，只要向目标前进。

冬天江河冰冻，三人无路可行，在饥寒交迫中熬到开春。

春天来了，冰雪消融，江河涨水，逆流而上的船只可以出发了。他们找到一条船，给船老大说了很多好话，船老大同意带他们向南逆水而上，条件是两个大人帮船上做点事，船工是危险活，因江水湍急，随时都有船损人亡。所以，有免费的帮工，船老大当然乐意。可行瑶他们不知逆流而上的船并不都可以到潭州的，以至于阴差阳错，把三人带到了一个神秘的地方。

且说三人上船晕晕沉沉，随风飘荡，先湖后江，先宽后窄，先平后急。一日行至一江水转弯处，突然暴雨倾盆，只见前面水流突然变窄，江水就像被激怒的野马向下奔来，汹涌澎湃。小船左躲右闪，希望在急流中找到一上行的间隙。行至半滩，突然一声闷响，桅杆半腰折断，小船顷刻被撕成碎片，连人带货卷入湍流中。行瑶此时显出英雄本色，左手抱紧承义，右手抓住李氏一只手，利用轻功仅用双脚的蹬力踩水飞到岸边。眼见前面一小港边有一个小茅草棚，荒乱中进到屋内。屋主是一对老人，见到来客，老人忙打招呼，有可换的给客人换了，没可换的烤干

龙牙逅之龙口脱险

注定劫难又降至，龙口张处险逃生。
救主英雄命中定，脱胎换骨龙转身。

了，最后给客人一点吃的。三人一打听，这里虽已属潭州的地界，但因坐错了船，离潭州府却很远了。两人默默听了，心想遇此大难不死，且落下脚再另行打算吧。遂作揖道，我们本是逃难之人，今从船上死里逃生，正无去处，能否行个方便，介绍哪里可以落脚，一家或可寻一点粗活。老人介绍，这段河流十分凶险，不时有船毁人亡，常常有尸体被浪冲进这条小港。老人原来也是被这恶浪冲到这里的，因船毁家亡，只好在这里落脚，平时就是在村口为河里翻船死人包尸安葬。村里有个大户人家，叫熊老爷的，平时给一些费用，自己再种点菜果，也算是在这里安家了。你要讲找活，我这个活我就干不动了，只是村里人嫌晦气不肯做。行瑫说只要能安家，什么活都能干。于是第二天，老人带行瑫上山砍一些竹子搭一个毛棚，家就这样安下了。

没有奢望的人是最容易满足的。行瑫手巧力大，干活一点不弱于农夫，李氏在一旁帮忙。以前生死与共，东奔西躲，并没怎么注意对方，现在不那么急匆匆了，便下意识地打量起眼前这个人来，觉得这个人是如此高大英俊，不觉心里扑通扑通，狂跳起来。

是啊，自从逃离京城，在路上已三个年头了，平时三人装着一家，其实蓬头垢面，都没有认真洗刷过，两人的心思都是保护巨鹿王承义，而行瑫理所当然地担当起她和承义的保护神。为了保护他们，他常常守在他们身边，通宵达旦，常常自己一两天不进水米。一路上行瑫从来没有半点轻佻的举动。这样的男人难道不是世上最好的吗？李氏想着想着觉得脸上火辣辣的，忙起身打一碗水端给行瑫。

茅棚搭好了，三人满世界的高兴。李氏特意梳洗打扮一番，坐在行瑫身边，双目含情。这时承义也睡了。李氏先开口："詹事，妾身本是前朝弃女，今受天下之托和您一起保护皇孙，妾身本不应有非分之想，然人非草木，一路来您的品行令妾身仰慕不已，如不嫌弃，妾身愿服侍詹事一辈子。"

行瑫听了感动得紧，孤男寡女一块这么久，谁能无情？只是一路凶险异常，自己的神经全紧绷在那上面了，同行的一个皇孙，一个御女，怎么有空胡思乱想。如今话一点拨，思绪回到常人上来，自己虽也属于官宦世家，但从小立志做一番事业，不料家庭困难，父亲当一个小小县丞，也很不甘，千方百计把自己向上举荐，好不容易到了太子府，太子、太子妃本来也很关心自己的婚事，因父母又不在身边做主，所以到这次事发前尚未近过女人，今年算来已三十岁了。

听到李氏第一次向自己吐露心迹，正眼望去，眼前分明是一位绝顶美人，虽然李氏比自己还大两岁，但因一直在宫中保养，所以并不显老，加上南国女人特有的娇小清瘦，看上去仍和少女一般。

调回思绪，行瑶正色道："娘娘所说不妥，娘娘是皇上的人，况且我们自负重命在身，岂可此时考虑儿女之事。"

李氏脸却被激红了，抢白道："詹事此说差矣，什么皇上的人？妾身本是被转弃之人，前朝被选入江都连那杨广的面都没见上，不几天，国破家亡，后又随军北上，如垃圾一般丢在后宫的角落里，哪里有皇上来看过一眼？今经几年颠簸虽皇孙性命得保，但新皇上位，一切已经归于平静，到这里后又听说郑大人也已奉旨进京了。我们还能做什么？不如定下心来在此安家则过！如詹事嫌弃妾身，自当我白说了。"

行瑫说:"不才怎不知姑娘聪慧贤良世上难寻,只是不敢有非分之想,哪里还有嫌弃之理,现在皇孙返京希望已经渺茫,我们也只好暂且在这里偷生度日,如此说我们且自己当家做主了,日后你我白头到老,只有一条,要负责把承义养大,并告诉他原委。至于他选择什么由他自己做主。天下的事,皆有定数,且听天由命去吧!"

当下二人结下连理,从此夫妻如胶似漆,恩爱有加。

夫妻商议,将承义改名义方,先教他功夫与识字,待成年之后再告诉他真相,由他自己做主。

义方(承义)天生聪慧,记性特好,武功长进极快,但对礼制士道不感兴趣,星移日转,不觉清苦,其乐融融。

龙牙遁之清贫乡少

吾心似秋月,碧潭清皎洁。
离却六念苦,方照五蕴空。

村里人对这三位不速之客的好奇和疑虑并没有因接触熟悉而减轻。

虽说是一家人,却有很多异样,男的威武潇洒,说一口北方纯正官腔,但全然没有一点家长的威风,女的美如天仙下凡,说的是比这儿南方更南的方言,比如把资水说成姬水,把潭州说成兰旧,更怪的是两人对小孩的态度,不但从不打骂,而且毕恭毕敬。说是一家人,但不像一家人。

议论传到村西熊老爷耳里,老人先是眯着眼睛,似听非听,中途只是吩咐管家这个月给包尸的工费加一倍,当听到卢行瑶这个名字,眼睛一亮,说明天要去见一见这家陌生人。

熊老爷大名熊尚文,是村里出名的乐善好施的人,村里不管哪家三病两痛,他都会伸出援手。

熊老爷也是村里最有见识的人。

说熊老爷是大户人家,也就是在村里比别人家多几亩田,还在后山有一大片林地而已,也没有什么高墙大屋。在村西北面台地上有一栋精致一点的木屋,这就是熊老爷的家。熊老爷家里并没有家室,有一个侄儿熊崇德,并不跟他住在一起,而是带着妻子和一双儿女住在山坳上,以打猎为生。熊老爷家里实际上只有几个无血亲的家人,一个所谓管家,姓夏,实际上只是帮他记下稻田的收成,山上砍竹木的季节把竹木运到江边扎上排发到下游卖得一笔钱,叫下河竹,再就是打发那些施舍救急之事,没事的时候也陪老爷去西山的庙里逛逛,看熊老爷和老和尚下棋,说是管家,其实也就是个帮工。还有一对夫妇,男的帮种田种菜,女的做家务。三人都是外面江上滩口翻船中救上岸的,都已把熊老爷家当作自己的家,把熊老爷当作自己的家长和亲人。

熊老爷平时在家也做些农活,大多数时间在村里走走,有时去庙里与老和尚下下棋,村里就这小庙是唯一的公共场所,庙里就一老一少两个和尚,老和尚法名智洗,听说有一手好功夫,不过从来没有露过,能帮人看病可是真的,还有传说庙里有一个镇庙之宝,一说是一颗龙牙,一说是一柄叫作龙牙的宝剑,据传上覆九颗龙鲮,以深渊里巨龙的牙齿锻造而成,威力无比,传说而已,没人见过。

村子不算大,村头山上有几户打猎的,这些人有落难留下的,有远山迁来的,各行其道,与下村的人来往较少。

大多数人住在下村种田,人基本是张、熊两姓,村里有个邻里纠纷,兄弟争议,一般请熊老爷调解。老人们传说张姓祖先是蒙恬手下的一员大将,熊姓的祖先是楚王之后,不过那也是远古的事了,一家是征服者之后,一家是失国者后裔,两族长期厮杀,追杀到这个村庄之后,忽然觉得争战竟毫无意义,于是两家停止追杀,相安无事,在这里安居繁衍下来。不过熊家传统尚武,种田的热情不高，是不是与骨子里仍潜藏着复国的情节有关系？那就不得而知了。

熊老爷是中年半纪才回到村里来的，关于他的经历，自己守口如瓶，但村里仍有两个不同版本的传说。

一个说法，熊老爷原本也是当大官的，只是看到官场尔虞我诈，心灰意冷，遇到一个也曾是当过官后来出家的和尚，两人同病相怜，熊老爷向和尚推荐自己老家这个世外桃源，于是两人结伴来到这里，这样一待就是几十年。

还有一个说法，很久以前这里有一对恋人，男孩是熊家才子，文武双全、英俊潇洒，女孩是张家靓妹，妩媚动人、贤惠能干。两人私下相恋了，男孩胸怀大志，又受到家族重托要出山成就事业，两人依依不舍，在离别的那个晚上，终于没有把持住，偷吃了禁果。女孩天天思念心上人，盼望其功成名就，衣锦还乡，人没盼来，可是把自己的肚子盼大了，这可是天大的事，女孩家最怕的是把私生子生在家里，这是家庭的耻辱。尽管有些猜测、有些议论，但这事没有人承认是不好乱下定论的，不管族人如何逼问，女孩硬不肯说出实情，整日以泪洗面，不小心到了分娩时间，女孩竟把婴儿生下来了，这可不得了了，按当地习俗，如果男的出来承认，不管是单身还是有家的，要请七天七夜客，向女方所有亲戚送礼，再把母子接回婆家，不论做大做小。如果找不到男人，母子就得沉河祭神。女孩说不出男人的名字，正要被族人沉河，突然抱起婴儿向后山庙中跑去，见了和尚一把将婴儿塞给和尚，说一句"拜托了"，转身向河边奔去，一头扎进去，顷刻就被河水冲没影了，人们缓过神来，摇头不已，"原来是这臭和尚造的孽啊！"从此，大家都不去进香、送斋。和尚从不申辩，含辛茹苦，竟把小孩养大了。从此庙里多了个小和尚，但香火几乎只有他们自己点了，然而大小两个和尚从不放弃，从无怨气，仍坚持晨钟暮鼓，念经礼佛。

那个外出的男孩一心求名，并不知家里发生了什么事，尽管也思念家人，思恋心上人，但官场的事不是随心所欲的。等到有一天终于回到家乡，老父母等不到儿子衣锦还乡，归西去了，弟弟尚武在父母去世后搬到山上狩猎去了。打听张女的下落，大家都摇头走开，仔细询问，知道女孩竟生了个儿子后又自杀了，悲愤不已，跑到庙中，问三问四，和尚也不详细回他，看到小和尚，执意认儿，小和尚的佛心已笃定，不肯还俗。这个回来的人就是熊老爷，从此熊老爷就定居下来，没有再娶，只在村里做些慈善，每日里向庙里偷偷地送上白米、油盐，消息传开，庙里的香火旺起来了，甚至还传说在庙里有个整日用之不竭的白米缸和油盐井，所以大小和尚才饿不死，无论多少香客都可以包饭。

熊老爷一早到卢行瑶他们搭建的茅舍，行瑶知道是资助自己的恩人来了，忙出门礼迎，熊老爷开门见山："阁下可是卢行瑶先生？"

行瑶睁大眼睛。

"令尊可是卢简老爷？"

行瑶忙作揖行礼，答道："正是家父"。

"阁下可曾在太子府为官？"

"真神面前不烧假香，在下卢行瑶。戴罪之身，敢问老先生是？"

"这就是了！""老朽曾和令尊有过把盏之交，谈吐中知道你在太子府重用，几年前宫廷生变，听闻太子府有人侥幸逃脱。昨天听到你的名字，不免产生联想，不料竟在此荒野见到你，莫非上天真有什么安排。"

环顾小屋，一贫如洗，却见女人和小孩并不狼狈，整整齐齐，心生惋惜，立马道："这哪里是人住的地方，我那里虽然不宽敞，却也整齐，明天搬过去，一起住！"

行瑶忙行礼："想不到在这里却见了熊老长辈，不瞒您说，一路来，我们都提心吊胆，方才您一说到我名字，还吓了一跳。如今大难不死，我们又身负使命，能在这里落脚，幸得长辈关爱，已经很感激了，铁定不能再长扰府上，这样，改日容晚辈上府拜访。"

熊老爷知道眼前是个有骨气的人，也没勉强，吩咐有事尽管来找自己即可。

眼看日子一天一天过去，义方的功夫也练得更加纯熟，一天在熊老爷家，见到熊老爷家侄孙熊七，侄孙女熊菊花，年龄相仿，玩得很投机，又都喜欢武术，所以很快成了好朋友，慢慢地经熊七介绍与村里的孩子们也都混熟了，凭义方和熊七的武功，他俩很快成了孩子王。

龙牙遁之结义金兰

无情未必真佛性，自有禅心无滞境。
君见池水湛然时，何曾不爱花枝影。

菊花对这位陌生的哥哥充满好奇和崇拜，慢慢地两人的心走到了一起。一日义方熊七练武，菊花不让须眉。累了，各自大汗淋漓，菊花累得不行，躺倒在草地上，迷迷糊糊睡过去了，山风吹起了衣裙，义方百般怜惜，忙脱下上衣轻轻为她盖上，两只蚂蚁爬上她的脚趾，义方不敢用手去驱赶，只好靠近玉体用嘴一吹，把蚂蚁吹掉了，闻到菊花身上发出的芳香，热流涌上，义方立即站起，如卫士一般站在菊花身旁，立时觉得一种责任落到自己肩上，我必须保护这位如花似玉的姑娘。睡意蒙眬中菊花做了一个梦，梦见自己和义方骑着高头大马在皇宫里溜达，旁边投来一片羡慕的目光。醒来，看见义方站在身旁，脸一下红到脚，腼腆一笑，低下头。从此，两人秤离不开砣，砣离不开秤。

行瑫一家一直在村里过着清贫、平静、安乐的生活。转眼间，一住就是八年，翻过年义方都十五岁了，夫妇商议该把真相告诉他了。于是，那天沐浴毕，夫妇把义方让到上座，先一躬躬，义方吓了一大跳。行瑫坐下，从十一年前的宫廷政变说起，把身世由来一一说起。最后道，我们答应过太子妃，保证你的安全，等京城平定再送你回去，现在看来，人算不如天算，今天的朝廷已不是当年的朝廷。情形摆

龙牙道之惊闻身世

本来乡野清少年，忽闻宫斗与身世。
果报相寻世间理，未脱红尘入轮回。

在这里，何去何从，由你定夺。

义方以前隐隐约约知道自己的身世有些不一般，父母对自己的态度也是比溺爱还要加一筹。今天听到自己才是嫡传皇孙，心里不禁怒火中烧，他不知京城有多远，朝廷有多大，皇帝有多牛。一心想，这个皇朝本来是我的，非夺回不可！

行瑶搬出一个匣子，里面竟是几锭黄灿灿的金子和一件小黄马褂，交给义方，说："这是你的。"

义方两眼睁得老大："您平日过着如此清苦的生活，想不到竟有这么多金子，您这是何苦来哉！"

行瑶回复："这是你的东西，只能由你做决定怎么处置，我们什么苦没有受过？况且这几年生活过得并不欠缺，怎么可以大财小用呢？"

义方接过匣子，谢过乃父乃母的恩德，说道："容我报仇，夺回该属于我的！"

行瑶、李氏见义方心意已决，也无力劝阻，叹道："尽人事，听天意吧！您要我们做什么，仍然是赴汤蹈火，在所不辞！"当晚行瑶连夜到熊老爷家，通报这个急变，熊老爷连夜又去了小庙，和智洗和尚长谈一夜未归。

第二天，义方找到熊七，第一件事就是买武器，组织队伍。

井中青蛙不知道外面世界有多大。经过一番折腾，拉拢了一个五六十个人的队伍，义方和熊七教这班人练武，闹得尘土飞扬。

行瑶、李氏看在眼里，急在心里，不知如何是好，于是找熊老爷拿主意，熊老爷带他到庙里，见到智洗和尚。

三个智者都觉得，事态危在眼前，但对如何处置意见又不相同。

行瑶心里很清楚，此一时彼一时也，今日的朝廷，一切似乎都已无力回天了，但忠人之事，自己粉身碎骨也无所顾惜，只是担心谋事不成，既保不了皇孙，还危及村邻，所以心里着急。但是自己还是冒着危险守护在义方身边，一面教他们功夫，一面应对随时可能到来的危机。

智洗是出世道之人，认为一切皆有因果，要脱离人生轮回苦难，只有识禅入佛："愿大慈大悲的观世音菩萨，化却人间罪过，降福善人"，又念道"大缘与性合，当生生不生，有情来下种，因地果还生"，还说希望有缘见一下义方。

只有熊老爷是世俗观念，杀人偿命，有仇报仇，窃物必还是他的观点，所以他支持义方他们的行动，并且教给他们一个凤凰八卦阵，据说楚怀王曾用这个阵法，以弱胜强，抵御过秦军的进攻。熊老爷说："这是我祖上传下来的一套战术，虽不能助你大功，但可以帮你抵御一般的进攻，即使遇到强敌还可以帮你从活口逃脱。"

义方等如获至宝，勤加操练，这个阵式的特点是亦阴亦阳，似生似死，不懂阵法的人，进得来，出不去。义方他们

龙牙遁之结党起事

心魔未除闻道远,恩仇必报血性在。
漫天妒火炎炎近,都自杀生一念来。

把阵式摆在山坳的两边,把两边的村庄布置成迷宫一般,两边的道路、房舍一模一样,唯一不同的是:方位和进出的通道是完全反向的,他们把两个一模一样的村庄取了一个古怪的名字:"包狮村",可能是喻示敌人有来无回吧!

这样的闹腾首先惊动了邻近的龙阳县,听说县南邻近益阳县的一个山村有人练武,似乎有危害治安之嫌,于是派县上的十来个兵丁,吩咐把闹事的头提来,以解乡扰,不料十几个兵丁连凤凰阵都没有进,就被武功高强的熊七他们打得丢盔弃甲,落荒而逃。

县令一听,不敢怠慢,立马报告州府,州府是有正式皇家军的,于是州府派出一个百来人的部队,浩浩荡荡开过来,不料仍被打败了。

领兵回去向都督一报，非同小可，都督亲自率领州府兵马，向南开来。都督可不是熊包，是大名鼎鼎的陇西王，江南道台兼荆州大都督李博义。此君不但治理地方有道，带兵也是一流，听说治下竟有人敢与朝廷作对，并且还大败官军，岂有此理，所以亲率部属前往，一定要清除这个隐患。

官军来到山下，都督见前面普通的村寨竟隐藏玄机，这分明是一个熟知兵马的人布下的阵式，哪里是山下莽勇闹事啊。于是加强警惕，仔细观摩眼前的阵式，顿觉那么熟悉，忽然心里一惊，难道是他？

都督看透了阵式，心里有底了，于是吩咐手下，听我指令行事，见人只能抓，不能杀。自己则带几十个武功高强的进入阵地中，吩咐其他人等在阵外等候，一有人逃出或被揪出就缚在这里，等候发落。

都督乃带兵之人，身经百战，又看透了阵式，破几个毛孩布的阵并不在话下，带领官军，只一袋烟工夫就势如破竹，攻入义方他们的练武中心，见人只抓不杀。

行瑶义方熊七等正在练武，忽见官兵顷刻杀将进来，大惊失色，稍作抵抗就散阵了。

行瑶见势不妙，拉起义方就往山上逃，后面的官兵穷追不舍，来到半山见一巨石伸入云中，石凌上隐约有一排脚印，义方行瑶慌不择路，顺着石壁往上爬，爬到石顶见有一个三尺见方平台，平台四周烟雾弥漫，于是坐在石头顶上，只听得下面呐喊、砍杀声一片,吓得直哆嗦。

官兵追至巨石下,活生生见两个人消失了,到处搜寻,也不见踪影,追向别的方向去了。

龙牙遁之复辟遇险

冤大仇深放不下,危卵击石勇于行。
修行路上十万劫,关关照见有心人。

官兵走远,见雾气散去,义方定神看时,原来石头向前倾着,随时要倒下似的,而且石头顶部离地面足有三丈之高。趴在石头上吓得站都站不起身了,好不容易又找到上来时踩着的那一排脚印,才慢慢从顶上爬下来,两人惊魂未定,沿着阵式的活口逃去。

熊老爷和智洗和尚在庙中下棋,熊老爷隐约觉得心神恍惚,智洗也心不在焉。熊老爷喃喃说道:"你看北面天边似乎冒起狼烟,该不会是不祥之兆吧!"

智洗答道:"该来的终究会来,我倒是觉得我们小地方似有贵人来。"

"我们都认为自己会测天象,看法却如此不同,不知谁看得准?"

"一切都有定数,只是看缘分到没有到。"

一会儿,只见行瑶、义方狼狈而来,情知不妙,行瑶喘气未定说:"不知何故,今天这阵式竟被官兵轻而易举就突破了,要不是一块仙岩相救,我们恐怕都已成刀下鬼了。"

熊老爷眉毛紧锁:"马上会追过来。""谁这么快就破了阵啊?"

问伤亡情况,答:"只有伤,只有被抓的,没有死者。"

"难道真有故人来?"熊老爷自言自语。

智洗站起来,立即对徒弟耳语几句,须臾一队迎亲队伍过来,和尚拉过义方吩咐:"你上这花轿向西而去,二里地光景河边一个小山,山边有个小洞伸入河中,你可躲在山上,如有官兵追至,你立马从小洞遁入河中,官兵走开你就上岸,待官兵走后你马上回来找我们。"

一会儿官兵追至庙里,见一迎亲队伍也没有多想,就放其过去了,在周围搜索一番没找到人,想起那顶花轿,于是向西追去,二里许见一花轿弃在林中,四下寻找,至河边看见一件花衣,想人是下水了,上下游四处搜查,不见人上岸,一个时辰过去了,仍不见动静。时值二月初,冰雪消融，从雪峰山上流下的河水刺骨的寒，大家想这小子肯定不会游水，慌乱中跳水淹死了，于是回去复命了。

在官兵四处搜捕时，一个头大脸方、八面威风的将军径直向庙中走来，进到庙中也不带随护，一个人轻手轻脚走向方丈，低头抱拳行礼道："在下荆州府都督李博义，造扰师傅。"

熊老爷和智洗仍在棋盘旁，听到来人报名，眼睛睁得老大，惊得嘴张在那里都合不拢了。过了一会儿，熊老爷缓过神来，起身行礼说道："山夫熊尚文拜见亲王，恕罪！恕罪！"

都督喜出望外，说道："原来果真是熊先生，刚才见到那阵式，就想，只有先生教我用过这阵式。我心想应该要见到先生了，所以吩咐手下，不准杀，只准抓，一路寻来，先生果然在这里。"

原来这李都督果真是故人，熊老爷昔日就是在都督麾下谋事，今天故人相见，却如此尴尬。都督开口又说道："好多年不见，先生可安好？本王被革去爵位官职之时，险些连累先生。后来我又官复原职了，曾到处寻找先生下落，却杳无音信，不曾想到在这里见到。只是不知先生又摆出这阵式，还用来对抗朝廷，莫非有天大的冤情？"

熊老爷答道："原来真是亲王驾到，失迎，失敬，亲王问话，说来话长，当年老朽得亲王信任，愿为亲王效犬马之劳，不料因闯了窥君大祸，亲王失宠，老朽觉得宫中险恶，于是回到老家，过起了闲云野鹤的生活，说道那曾向亲王献丑的凤凰阵，只是又遇到宫中一天大冤案，老朽无能为力，帮他建了一个阵式，果然无济于事，以卵击石而已，只是事到如今，希望亲王能大气大量，放过皇侄吧！"

熊老爷把义方（承义）、行瑶逃难、落脚、练武，妄图复辟的故事复述了一遍。

都督则听得目瞪口呆，早年自己被削爵赋闲在家，听说玄武事变中逃脱了一皇孙（当朝皇侄），后来被朝廷多方查找未果，不料今日竟被自己撞上。先是大惊失色，继而心事凝重，自己真碰上烫手山芋了。

问道："果真是承义吗？他还在人间，他果真还要复辟吗？"

熊老爷答道："复辟是不可能了，只是怪我们没有好好引导他，我们也是内心为他抱不平，罪在我们，希望不要再降罪于一个孩子，他才十五岁，希望恩怨不要再延续下去了，承义也是你的堂侄啊！"

智洗和尚忙向都督行礼："阿弥陀佛，贫僧智洗向亲王请罪，玄武事变的烟云已经淡去，太子的血脉能留下来，也是上天的意思，希望亲王发挥你在朝廷和对皇上巨大的影响力，化解这场危机，至于造反的事，贫僧以小命向亲王担保，绝不会发生了，从此以后这里只有一个猎户义方，再也没有巨鹿王承义了。"

这李博义其实也是信佛之人，听到熊先生和和尚如此说,于是心中慢慢有了主意。

"我自有办法向皇上解释,化解之前的恩怨,只是这案子已惊动四方,如何收兵是好?"

这时行瑶已自缚其身,向都督自首道:"在下愿承担全部罪责,请亲王允许将义方交熊老爷和智洗大师调教,罪臣愿跟亲王回朝廷认罪。"

都督觉得这是个办法,于是下令押解卢行瑶回府,把其他被捉住的年轻人送到庙中,交由熊老爷和智洗处置,自己则与熊老爷反复客套,谈了很多往事,说了朝廷的很多善政,熊老爷也拱手称是,然后都督回荆州去了。

官兵走后,智洗等不见义方回来,心觉不妙,立即带徒弟直奔西山而去。到小山边一看,不料义方半个头伸出水面,一手紧攥着河边的毛草,嘴里含着一节竹管,已冻僵在那里。和尚急忙将他抱入怀中,口中念着阿弥陀佛。众人半抬半架,如飞进到庙中。一阵施法,义方慢慢苏醒,智洗眼含泪光,看见那节竹管,喃喃地说:"是菩萨救了你呢!聪明的孩子,龙生龙种啊!"故事流传下来,那座小山于是被当地人亲切地叫作龙子山,当然这是后话了。

义方躺在禅床上,浑身无力,智洗在一旁细心呵护,口念金刚:

"须菩提,菩萨于法,应无所住,行于布施。不住色布施,不住色香味触法布施。须菩提,菩萨应于是布施……"

"诸菩萨摩诃萨应如是生清净心，不应住色生心，不应住声香味触法生心，应无所住而生其心……"

义方大病一场，昏睡了好几天。大家看到义方醒了问寒问暖，又告诉他官兵清乡、都督留情、詹事顶罪等变故，义方坐起，情绪失控，大声痛哭，智洗也不劝阻，只是轻轻拍着义方肩膀，由他哭，哭累了，义方瘫躺在智洗身边，渐渐身体恢复了元气，朝智洗磕头便拜。请大师救我，请教我武功，智洗一惊，急忙扶起，"使不得，我可受不起你的一拜，快快请起"。

智洗口念"阿弥陀佛"，接着喃喃说道："佛说'有因有缘世间生，有因有缘世间灭。'世间一切皆由因生，皆因缘起。太子生性仁厚，他的死若能避免更残酷的战争，若能换来天下太平，未必不是他的期望。太子一生信佛，我们教界一直传说太子转世成佛了，也不知会在哪方显灵。"

义方睁大眼睛听智洗如是说，释怀了很多。

智洗接着向他诉说佛祖释迦牟尼的故事，佛祖俗名乔达摩·悉达多，是迦毗罗卫国的王子，王子出生时迦毗罗卫国内忧外患，父亲净饭王希望他能振兴国运，并排除邻国摩羯陀国的威胁，佛陀看到人世轮回的苦海，刻苦修炼，终于悟得正法，发现了无常、无我的真理，放下执着，达到了究竟解脱，修成正果，并且让强大的邻国国王也依了佛，向他礼拜。说到佛陀为父亲净饭王抬柩尽孝，义方又哭了起来。智智洗接着又念了佛陀的快乐偈:"轮回无数生死中,追寻不见造屋者。生生死死苦不堪,终见原来营造者。终见原来营造者,他将不复造此屋。折断橡木碎房梁,心梁无为达苦灭。"念完佛偈智洗继续说:"万般皆因缘,三界唯心造,万法唯识得。义方经历的磨难世间少有,唯此才能心印得佛,唯此才能真正悟得正法,摆脱轮回。淡出仇恨是修行的正果。贫僧不为你的苦难惋惜,因为佛知道了你的身世,阿弥陀佛保佑你。"

义方听得似懂非懂,似得解脱,痛苦在心中逐渐淡去,仇恨在心中渐渐消融,又下跪要拜智洗为师,说:"请师傅收下我这颗孤独的心吧!今天,二月初八是我重生的日子,请师傅收我为徒,以肃清心中妄念。"

智洗知道义方仍有尘事未了,而且注定不是自己的徒弟,便说:"你慧根深厚,我说的只是一些简单的禅理,你要参拜的是真如来,眼下你且在庙中与我为伴,我要为你通诵《金刚般若波罗蜜经》和《楞伽经》,你会得到福报的。"

义方便跟着智洗皈依了佛,只因智洗不肯收他为徒,所以没有剃度。而跟着他的熊七和其他几十个年轻人一同拜智洗为师。智洗大师为他们讲定慧法门,修一行三昧,教无念无相无住禅理,授无相戒,识三身佛,发四大愿,授无相忏悔,灭三世罪障,皈依佛法僧三宝,大家依法修行,各得其所。

没过多久,熊老爷觉得身体不适,知道阳寿快尽,于是到庙里与智洗道别,吩咐把田产全部捐给庙里。

庙里僧人多起来,香客也多起来。

出事那天,李氏在家惶惶不安,后来听到消息,行瑶为救义方自缚交官府去了,生死不明,十分牵挂。菊花听说哥哥和心上人都到庙里当和尚了,心中十分难过,于是便把李氏接到家中,当婆婆一样服侍。义方、熊七也常常回家来看望他们,但皈佛心已决,劝阻也无济于事。两个女人空将泪水洒向伤心处,却把孤单留在王母村。

几天后,义方打听到消息,乃父在被押往龙阳县治的途中,因官兵知其武功高强,怕其逃脱,捆得太紧,被勒死了。义方悲痛万分,把噩耗告知智洗师傅。义方说:"父亲为我而死,可怜他老人家既未尽到孝,也得不到忠名,死后还受到不恭,我安坐在这里,怎么为人啊?我要想尽办法把他送回范阳,我要为他守孝三年。"

智洗安慰道:"人死不能复生,詹事大人把你救出养大也是天地间的大功大德一桩,日后一定名留青册,如今你已安全安心安稳了,他不是也可以瞑目了吗?"又说,"龙阳离范阳路隔几千里,没有办法运遗体回去啊,你要是觉得未尽到报答他恩德的孝义,想为他守孝,你就找到他,就地安葬,为他守灵吧,这样他在天之灵也会保佑你的!"

义方依言,循官道往龙阳县方向,找乃父遗体而去。

义方翻过几座山丘,来到一处平原,前面离龙阳县治已

龙牙遁之墓庐守孝

舍家弃禄赴险境，义无反顾捐生命。
报得皇孙归姓氏，道里道外留青名。

不远了。一打听，果然不久前一队官丁押着一个汉子路过，中途不堪忍受被折磨死了，就埋在前面的沙地里。义方慌忙跑过去，见乃父的衣角都还露在外面，大哭一场，然后拿出智洗师傅行前给的一点银子，买了一口棺材，就地埋了。自己则买几根竹木搭一个小茅棚，住下来为有再造之恩的乃父守灵。

整整三年，义方靠好心人给的一些施舍，坚守在乃父墓边，以禅悟慧，以忏得空。终于大彻大悟，心现如来。智洗深受感动，不时送些吃的穿的过来，研习心得。地方感动，后来有人在茅棚旁立了一个小庙，叫"东岳庙"，自此香火不断。

义方守孝届满,回到智洗身边,心里对佛更为虔诚。智洗大师继续向他传授佛法:"定慧一体无二,即定之时慧在定,即慧之时定在慧。"

"外离相即禅,内不乱即定。"

"般若无形象,一切为有法,如梦幻泡影,如露亦如电,应作如是观……"

义方从此天天在庙里诵经礼佛,渐渐觉得正果。

龙牙道之礼佛识禅

初知诸相皆非相,应无所住而生心。
僧有顿渐法无二,不离北庙无禅宗。

心中敬佛,并不影响孝母,义方时常翻坳过村到熊家陪乃母,为其念经颂德,日子平淡而清净。

陇西王荆州大都督李博义清理完义方、熊七等乡乱之后回府，并没有把消息报告皇帝，他知道皇帝正因痛失皇后而悲愤欲绝，现在不是说这个消息的最佳时机。

那么这李博义何许人也，竟这么大胆，敢把这么重要的情况隐瞒起来？

原来这陇西王李博义真大有来头，他本是太上皇的大哥李澄的长子，晋阳起事时，跟随太上皇（高祖）有功劳，授陇西王大都督礼部尚书上柱国。但大唐建立后，武德年间太上皇突然革除了他的一切爵位和职务，在此期间风言风语，说他讲过这唐王爵位本来是他父亲的，云云。直到贞观五年大唐一切已经稳定，现在的皇帝想起这位堂兄本就有才华，于是恢复陇西王爵位，又授江南道台兼荆州大都督一职。这位仁兄治理地方毫不含糊，但有一个嗜好就是妻妾成群，衣食奢华，朝夕弦高自娱。皇帝了解他的这个特性，也就睁一只眼闭一只眼。更有甚者，皇帝居然让这位仁兄死后以皇帝的规格下葬，可能是觉得自己和父亲欠这位堂兄什么东西吧！话说远了，皇帝到底遇到什么悲痛欲绝的事呢？话还得从头说起。

皇帝登基那年，与突厥颉利可汗订立渭水之盟，从表面看来，是退却了敌兵，稳住了朝廷，风光无限，实则皇帝是倾其家当，贿赂颉利才得以退敌。受到颉利可汗的侮辱，此仇不报非君子。当初太原起兵时，太上皇权宜之计向突厥进献物品称臣。但颉利得寸进尺，在玄武门事变之时，趁火打劫，房去了不计其数的财物，而今还不断在边境扰事，皇帝更是十分恼火，所以，几年来专门组织特种兵对付突厥擅长的骑射，委托李靖、张公谨专门研究，一定要想个一劳永逸解决突厥问题的办法。

李靖真正是一个出将入相不可多得的人才，采取分化、利诱、各个击破以及"殖民"的办法，把突厥问题彻底解决了。如今从长安出发的驿道一直通向边陲，行政机构已经设到了突厥原来的中心地带，还把内地"窄民"（人多地少）外迁到边境屯田，把突厥散民移入内地教化，困扰几个朝代的问题被彻底解决了。如要论功行赏李靖将军确实可比自己当初的功劳，论文才武略这人也不在自己之下。但李靖即是玉皇大帝派下凡间来治理天下的（演义语），也已经迟了，如今已经有一个贤明的李氏王朝屹立在那里了。皇帝见到李靖凯旋回朝，突然想起自己当年虎牢之战后回来的样子，苦笑道，若是亲兄弟，是不是又要酝酿一场争斗呢？

当晚皇帝宴请李靖，破例喝了很多酒，然后又破例进内皇宫探望形同软禁的太上皇，自从武德九年（626年）八月初八禅位之后，皇帝就很少进过内宫。今晚和李将军喝着酒，酒后添愁，觉得应该看望一下自己的老父亲了（其实这时太上皇并不老）。他想把征服突厥为父雪耻的消息告诉他，因这正是太上皇遗留在内心已久的屈辱。

太上皇显然已不怎么关心这个儿子和他的王国了，一边和嫔妃们嬉戏，一边淡淡地说："什么风把皇帝吹来了？征服了突厥好啊，那帮蛮子欺负我呢！听说你治理国家还真有一套啊，我当初把皇权交给你没错啊！"

皇帝对太上皇本来是有些怨言的，兄弟不和不是与你的决策有关吗？刘文静的功劳够大的吧，就是因为不见风使舵，为我说些公道话，你却借故真把他杀了。此情此景，怨气话却无从出口了，只是客套地说些保重身体之类的话，便怏怏地出宫了。

不久，就传来太上皇归天的消息。皇帝隆重安葬太上皇于献陵（先前太上皇已选好陵址并将窦后移葬于此），迅速把后宫嫔妃悉数清退出宫。

皇帝搬进正宫太极殿，把后宫打扫修饰一番，众臣会意，立即从全国选美，对于整整九年在东宫办公，皇帝本不以为然，今天正式搬进来颇有点久违的感觉，所以也就心安理得地享受起来。

在新选进宫的美人中，有一个叫徐惠的才人，五岁就会作诗，进宫时也才十一岁，可怜兮兮，却聪明伶俐。皇帝被昔日宫中那些逆来顺受的宫女惯得不耐烦，见了有些雅致，有些调皮，有些才气的徐诗人，眼睛一亮，常做一些老鹰捉小鸡的游戏。有一次伺寝不周，皇帝生气了，徐惠竟以诗解围：

朝来临镜台，妆罢暂徘徊。

千金始一笑，一召讵能来。

嬉戏中小徐惠真的爱上了皇帝，还写过一篇《谏太宗息兵罢役疏》，不过，皇帝没当一回事。皇帝死后徐惠执意陪葬，后高宗皇帝见其忠节补封为徐贤妃。

还有一位美女武氏，也只有十三岁，来自南方，与皇帝以往的女伴不同，武氏身上有一种特别的香味，令人陶醉，武氏舞跳得特别撩人，皇帝给她取了一个小名叫"媚娘"。

不久皇帝封徐、武两位为才人，皇帝在两位才人身上真枪实弹并不多，不过嬉戏解闷罢了。但有了她们，从此不再一天到晚紧绷着一张苦瓜脸，偶尔露出久违的笑容。

也不知是祸是福，皇帝整日嬉戏于后宫，却疏于朝廷正事。房玄龄劝慰无效，心想，皇帝变了，现在他大业已成，可能要享福了，我房某为他可算鞠躬尽瘁了，可不能成为杨素第二，于是告假，皇帝正烦大臣们说三道四，立准，连一向受到重视的长孙皇后也懒得见了。

长孙皇后最近呕心沥血，写成一部后宫规范《女则》十卷，正欲拿给皇帝过目，可一看皇帝最近颠鸾倒凤荒诞不经的表现，为女人们又建楼阁，又修泳池，全然把"节俭"一词忘了，只怕看到这样的规范不会高兴，所以皇后哀叹一声，把《女则》藏之枕下，打算待合适的时候给皇上看，且作春游曲，解闷，有怨不敢明说。

"上苑桃花朝日明，兰闺艳妾动春情。

井上新桃偷面色，檐边嫩柳学身轻。
花中来去看舞蝶，树上长短听啼莺。
林下何须远借问，出众风流旧有名。"

看到皇帝近来的表现，长孙皇后不免心中隐隐作痛。想想自己从13岁跟随皇帝时起，一生可谓只有一个中心，那就是皇帝。生命是皇帝的，身体是皇帝的，自己的情感思绪万般都交给了皇帝。小时候，父母早亡，自己和哥哥长孙无忌跟着舅舅高士廉生活，高家和李家都在朝廷为官，世交甚密，所以两家孩子就玩到一块。哥哥跟皇帝那时候是开裆兄弟，打打闹闹，无祸不闯，无"恶"不作，自己从小也跟假小子一样跟他们在练武场上混，可以用"亲密无间"来形容。

记得很清楚，大业十一年夏天，自己才十三岁，跟哥哥他们一阵打杀，累了，躺在草丛中休息，竟被当时的李二公子强行霸占了，事完看到下面一摊血，两人都吓坏了，哥哥报告舅舅，舅舅找唐皇吵闹一番，最后，生米煮成熟饭，就把自己嫁给了他——当时的李二公子，后来的秦王，今天的皇帝。正式嫁过来之后，他却不能干那事了，每次都是见花谢，他说一起事就想起那摊血。

后来他就随军征战去了，几年下来仍然力不从心。

太上皇知道后，帮他找了一位老师，就是前朝时跟随杨玄感造反而被诛的部将李珉的妻子韦氏，当时被充在后宫。韦氏以自己过来人的经验，万般指导，终于使皇帝的功夫勉强有点起色。韦氏还为皇帝生了纪王李慎和定襄公主、临川公主，除皇后外韦氏是子女最多的。不过与战场上的金戈铁马勇往直前的皇帝比起来，床笫事上的皇帝如缩头乌龟一般，没有大将军风度，经常是虎头蛇尾。在韦氏的配合下，皇帝如同上战场上一样，先将敌将杀下马来，其雄心气志才能勉强显现，久而久之养成了一个性虐的坏毛病，渐渐几成恶习，只有与敌将的妻女才可以完成好事。韦氏之后，前文提到过的，将隋炀帝的二公主抢过来。也是那一年，太上皇找到了杀害五弟智云的阴世师，斩首泄恨。皇帝立即将其女儿作为战利品牵进来，当晚就逼其就范。虎牢大战一个特殊的战利品是把王世充的儿媳妇抢过来了。还有一个是抢来的突厥酋长何史那氏的女儿，后改汉名并封了德妃。除了长孙皇后，其实这些女人都是作为战利品，只有这样他的"性"福生活才有些起色，可是在那等级观念十分浓厚、联姻政治风行的时代，皇帝的后宫可有些不跟时代潮流，乏善可陈，与仇人生下的儿子怎么可以确保自己的江山稳固呢？齐王李佑就是舅舅阴弘智——仇人阴世师的儿子唆使造的反。皇帝登基后，也可能考虑过这个问题，还正儿八经封过一个大家闺秀，当时郑、卢、李、崔四大家族之一的郑氏，是为郑贤妃。可是当美貌绝伦、庄雅端重的郑妃出现在自己卧室时，那枪就像断了弦的弓，硬是拉不起来。这就成了皇帝隐痛的病根，不得已又去妻敌之妻去了。玄武事变时，对哥哥建成如果还有些愧疚，对三弟元吉可是下得了手的，毕竟他欲设计杀自己在先，又争得本该属于自己的妻子，所以当清洗两宫时，特意把这弟妹——假公主带来府上，几天后强迫她同了床，她越不依，皇帝越来劲，后来真逼她生下一条孽龙——李明。皇帝索性来个恶作剧，将其过继给自己杀掉的三弟元吉，亲妈的前夫。这李明也没让皇帝省心，京城一恶少！我是孽种我怕谁？！

庐江王李瑗谋反被诛，皇帝立即把他的爱妾虏来，王珪见状劝道："庐江王无道，杀人夫而妻人妻，蛮横暴虐，所以至亡。陛下却将庐江王的美人留在身边，这是不祥之兆啊！"皇帝无奈，只好把这天仙般的美人逐出宫了。

皇帝听说薛万彻也得了自己同样的病，万彻因娶了丹阳公主做老婆，公主居高临下，万彻总是雄不起。"万彻蠢甚，公主羞，不与同席者数月。太宗间笑焉，为置酒，悉招它婿与万彻从容语，握架赌所佩刀，阳不胜，遂解赐之。主喜，命同载而归。"真是久病成良医，同病相怜，却可以帮他人治好，也是趣闻。

放任恶习终成病，欲令智昏酿大祸。恶习不过头时人们可以当作趣谈，可是一旦危及他人或有损公利，就发展成了罪恶，被世人所诟病。

后来这桩事成了皇帝比杀兄逼父更愧悔，也更被人唾弃的污点。皇帝内心也煎熬了一辈子，一直想隐瞒真相，可是欲盖欲彰，还是被野史记了下来。

那是在突厥被李靖打得落花流水之后，执失思力——前面说过，一个亲唐的突厥大臣，也是多此一举，将当年寄居于突厥的炀帝的那个萧后护送来朝。他或许是想以此举证明唐已真正一统天下的象征来向皇帝讨个好。

皇帝很高兴，办了个隆重的欢迎宴会，华灯艳舞。皇帝得意之际，随口问萧后："今天的规模与你那时比怎么样？"

萧后恭恭敬敬地回答："您是盛世天子，怎是亡国之君可以比的呢！"

气球越被吹越飘，皇帝不依不饶偏要问个究竟，萧后可能也是在追问之下，激起了对往昔的思恋，信口开河起来："隋主享国十余年，妾常侍从，每逢除夜，殿前与诸院，设火山数十座，每山焚沉香数车，火光若暗，则以甲煎沃之，焰起数丈，其香远闻数十里。一夜之中，则用沉香二百余车，甲煎二百余石。殿内宫中，不燃膏火，悬大珠一百二十颗以照之，光比白日。又有外国岁献明月宝夜光珠，大者六七寸，小者犹径三寸，一珠之价，值数十万金。今陛下所设，无此珠宝，殿中灯烛，皆是膏油，但觉烟气熏人，实未见其清雅，然亡国之事，亦愿陛下远之。"

皇帝先是洗耳恭听，后来面有愠色，最后来暴跳如雷，一气之下，故技重演，把这个年老色衰的萧后拉进宫。曾经沧海难为水，除去巫山岂是云。已经干枯的田地，哪经得起暴风雨的洗礼，当晚萧后羞愧难当，百般抵耐，皇帝风生水起，势不可当，折腾一晚。连羽林军在门外都看不下去了，义愤不已，把箭射到宫墙上，"夜射行宫，矢及寝庭者五"。可怜萧后五十几岁年纪经不住这悲喜交加的猛攻，第二天便一命呜呼了，皇帝醒过神来，懊恼不已，但事已至此，先把几个羽林军以谋反之罪杀了，可是此时消息已传出，有的说皇上得了花痴病，这么老的女人也上，有的说萧后化作妖精要来为隋主报仇等，不堪入耳。

皇帝迷迷惘惘地回到后宫，他好久没有见到皇后了，心想一向温顺的皇后今天见到自己难免也会责怪几句，别人不准嚼舌头，皇后的几句责难还是要听的。二十几年了，皇后可没有亏待过自己啊，夫妻合力登上大位也十年了，她把后宫处理得井井有条，这次要是真说几句，还真要让着她，并且也不知怎么解释才好。

进得宫来，不见皇后前来迎驾，好生纳闷，进到里间，却突然发现皇后在卧榻上已经纹丝不动了！

皇后本来在宫中等着皇帝，有话要跟他说，但却等来前朝皇后因皇帝而死的消息，伤心欲绝！皇后自尽了，年仅36岁。她要保持自己的贞洁名声，不能苟延残喘，更不能同流合污。

皇后把所有心血铸成的《女则》压在枕下，另附遗书一封，到死了还是不忘对这老冤家的规劝，她真不希望重蹈前朝覆辙。

遗书写道:"妾侍圣不周,唯以死示诚,陛下宜保圣躬,以安天下。房玄龄事陛下久,小心谨密,且无大故,不可弃之。隋主弃杨素,而玄感亡隋。妾之家族,因缘以至禄位,既非德举,易致颠危,赖陛下保全之,慎勿与之权要。妾生无益于人,死后勿高丘垅,劳费天下,因山为坟,器用瓦木可也。更愿陛下亲君子,远小人,纳忠谏,屏谗佞,省作役,止游畋,妾虽死亦无恨。"又嘱承乾太子:"尔宜竭尽心力,以报陛下托付之重。"言辞恳切。

历史真是吊诡,皇后最担心的两件事还是发生了,房玄龄之子房遗爱谋反,长孙无忌客死他乡,还有太子也未能报陛下之重托。难道这一切的缘起都已有定数乎?

夜未央,雾飞茫,西雨东阳搅寸肠。皇帝顿觉天昏地暗,久久回不过神来,心想太对不住自己的皇后了,想想后宫这么多女人,只把长孙皇后当作发小、知己,当作真正自己的女人,当作亲人,其他人都是自己治病泄欲的工具。如今人死不能复生,皇帝只好用最高规格安葬。在高祖墓左下择地另建昭陵,规格比通常的皇后高。更有甚者在皇宫搭一高台,以便天天可以望见。

一日皇帝邀魏征登台望墓,魏征说:"我看不见啊!"

皇帝说:"你瞎眼了吗,这里不是看得很清楚吗?"

魏征狡辩道:"皇帝你是要我望昭陵啊,我以为你是要我望你母亲的献陵呢！"意思是说，皇帝你先做了荒唐事，现在这样弥补得了吗？

皇帝遭到讽刺，知道自己的做法于事无补，且遭到朝中非议，才把高台撤了。

不久，到房府登门道歉，房玄龄官复原职。

可是事情到此并没有结束，与皇后以死作谏不同的是，那杨妃可不干了，好一个荒淫皇帝，把我的母亲，你的岳母，你的表婶作孽死了！！！不依不饶，怒骂讥讽，无所不用。

皇帝知道自己错了自己改，可容不得别人说。杨妃本来在登基之时被封为贵妃，除皇后外为四夫人之首，一阵吵闹，皇帝心烦极了，一定要把这杨贵妃好好收拾收拾。可是那时天下共知，杨贵妃又生了李恪、李愔二位皇子，李恪与太子同岁，是庶长子，且德行皆贤，与父很像，大臣心腹们都劝阻，皇帝也知道是自己的错，为了遮掩事实，强行立了另一个杨氏为贵妃，以混淆视听，把这个杨妃关进冷宫，再也没有人敢过问了，连她的两个儿子都不准去看望。

可惜的是李恪受到不公的待遇，但最为可惜是，大唐后来也选不到贤明的储君，李愔觉得亲哥哥受了不公待遇，于是破罐子破摔，成了京城恶少之首，皇帝对此恨之入骨，谓："至于愔者，曾不如禽兽铁石乎。"殊不知这正是自己造的孽。

屋漏偏逢连夜雨，心寒偏遇顶头风。一日夜间，皇帝偶见史官许敬宗正在神神秘秘地往本子上写东西，一看是作"起居注"。突然想起，我的这些丑事不会记上去吧？问史官，答案却令人沮丧，说好的坏的都要记，心想搞半天还不知要把我写成什么恶皇帝呢？便提出来自己要看一看，又一个令人沮丧的答复，皇帝自己不能看。这下皇帝怒气冲天了，不能看，我偏要看！史官也没办法，保命比保实录要紧，随他去看吧！皇帝拿过实录，径直翻到玄武门之变那几天的实录，只见草草几笔原太子就成了现太子，既没有争斗，也没有杀戮，心想这样怎么给后人交代。原来这负责记录的许敬宗是房玄龄、李淳风等选派的心腹，心知只要把皇上好的一面记下来，可是弄巧成拙，不能自圆其说了。皇帝觉得这事不能这样，于是召集大臣组成一个文史编纂委员会，仍由房玄龄、李淳风负责，任务是从史记断后为两晋南北朝周隋编史，当然同时要对本朝的"不实之词"，加以涂正，下诏令："史官执笔不要由隐，削其浮词，直书其事。"司马昭之心，路人皆知。

这以后耗了几年的光景，忙坏了史官们，他们几十人夜以继日地"涂正"，终于在贞观十七年把前面的历史写好了，包括《梁书》《陈书》《北齐书》《周书》《隋书》，洋洋大观，给皇帝看，皇帝这时心神已经大不如前，"尽管如此吧！"这也是史学界的一大成就，但也有不少未盖棺，先定论。隐太子，包括太上皇的功绩当然很少看到了。

后人评论"太宗即立，慎于身后名，始以宰相监修国史，故两朝《实录》无信辞"。

在为皇后送葬的队伍中，有两个人全身素服，面裹黑纱，走在队伍的后面，并未引人注意，这两人可是亦亲亦仇，她们是隐太子妃郑氏和遗腹子女儿婉顺。

看到昔日朝夕相处后来如隔重天的妯娌，年仅36岁就早早死去，想那荣华富贵，权倾天下又有何益？

回到家中，郑妃更潜心信佛，清心寡欲。真是善有善报，郑妃比别人都活得久，一直到七十八岁寿终正寝，等到新皇帝为她举行隆重的葬礼。后人知道正史不会有载，只好把墓志铭写得特别长，以正视听，从这里证实，所谓玄武之日，两宫及诸皇孙全被诛便不是事实。

抄录隐太子妃墓志铭于后，里面具有很多史书上不曾记载的事实，可谓铁证如山："夫桂宫銀牓，孟侯居守器之尊，甲館瓊韓，元妃參王邕之禮，不有貴逾卿族，質茂仙儀，何以超事紫宸，齊榮青陸。妃諱觀音，滎陽人也。郊畿錫社，河濟興都，作相貽哥，勤王若績。臣心如水，南宮聞曳履之聲；吾道既東，北海群容軒之路。高祖道玉，後魏太常卿、徐州刺史。祖諶，後魏司徒府長史、諫議大夫、潁川郡太守、吳山郡公。父繼伯，北齊本州大中正、吳山公、隋開府儀同三司、金紫光祿大夫、括州刺史，武德中，贈都督潭、衡、郴、道、永、邵、連七州諸軍事，潭州都督。並分珪裂壤，開國承家。周詩頌吉甫之神，姚典載高陽之美。迴龜入印，循化溢於專城；伏熊臨軾，縟禮光於大隧。妃程雲薦彩，喻日摛華。淑韻娉婷，明月皎星河之夕；韶姿婉娩，和風泛桃李之蹊。遹協女師，聲昭姆教。鸒文孕杼，鶴操登絃。鄧訓恩洽，千人慶隆於前叶；馬援身終，五嶺福劭於後庭。我高祖或躍在川，潛表謳哥之運；隱太子長男居震，將膺儲副之隆。席雁是歸，河魴是屬。妃言容早茂，促幼齒而昇笄；蘿蔦方滋，引輕輪而聳御。嬪於大國，時惟二八之年；嗜彼小星，且流三五之脉。既而南征不復，素車遷職道之殃；西怨方咨，黃誓高效之旅。俄属鎬池清祲，鄭户垂徵。啓金輅之榮，外膺監撫；承翟車之寵，內切憂勤。至如夕宴宣華，朝遊博望，鳳舞鸞歌侈其欲，翠輿雕輦導其歡。妃忌滿嬰懷，流謙軫念。恒在貴而思降，每矯奢而循約。寧窺寶匣，唯取鑒於緹緗；罕御芳鈆，獨莊情於禮訓。而泰終則否，福極生灾，禍構春闈，刑申秋宪。妃言依別館，遽沐殊私。棟折榱崩，更荷棲遊之地；巢傾穴毀，重承胎卵之仁。雖掌碎驪珠，而庭開虹玉，已絕倚閭之望，旋聞解瑱之歡。昔有陶嬰，恤孤資於紡績；緬惟梁寡，勵節在於衡泌。豈如出自膏腴，長乎宮掖，不謀而同德，不習而生知。以為伯也執殳，則飛蓬在鬢；君之出矣，則明鏡生塵。況乎萬古長辭，三泉永隔；故以貌隨心瘁，形遂魂銷。是知綺羅為悦己之姿，琴瑟乃歡娛之用。驪駒一逝，取悦之理奚從；黃鵠單棲，邀歡之路斯絕。於是捐飾玩、屏珍華，耳無絲竹之音，身有綈繒之服。桑榆遲暮，湯沐優隆，猶執敬姜之勤，不懈母師之禮。古人遺烈，何以加焉。而五運交馳，三微手及。處環瀛之内，始盛期乎未衰。稟埏埴之功，有形歸於畢化。雖復金天錫壽，罕寓百齡，丹竈祈仙，不逢三鳥。以上元三年正月卅日寢疾，薨於長樂門内，春秋七十八。皇情軫悼，禮有加隆。喪葬所須，務令優厚，仍使太府少卿梁務儉，太子洗馬沈沉監護喪事，殯於第五女歸德縣主之宅，稟朝恩也。妃智融物表，識掩幾先。綜群言於素册，包眾藝於彤管。仁為己任，七子均愛於桑鳩；禮以持身，六義飛聲於河鳥。嬪閨鰲室，五十餘年，複微崇垣，九重清峻。芳蘭有馥，在幽林而不渝；翠篠含貞，凌暮序而彌勁。可謂令儀令德，不騫不亡者歟！俄而殯從欑宮。帷昇奠俎。謀龜獻兆，候雁開塋。粵以其年七月七日，附葬隱陵之側。南分御宿，永絕清笳；東望杜陵，空驚哀俛。雖樵蘇有禁，節婦之攏長存；而星館亟周，神姑之海行變。立言不朽，奨在斯文。"

这么长的碑文，绝无仅有。

死的人已死，活着的人还得继续活下去，皇帝从皇后过世的悲痛中缓过神来，朝政还得照常处理。

在外人看来，朝廷如日中天，蒸蒸日上。但在皇帝的心中，烦心事一桩接一桩，然而，最令皇帝闹心的事莫过于皇储之争。

放得下，海阔天空，放不下，泰山压顶。

皇帝以英雄的气概跨过万道雄关，可眼下遇到的坎却是孙悟空过五指山始终无法逾越。

其实这个难题就是十几年前自己亲历的皇位之争的翻版，皇储该立谁？历史就是这样吊诡捉弄人！

说起来，皇帝对立储之事可谓费尽心机。贞观元年，就早早立承乾为太子，并花了大量的心血进行培养。

承乾太子本来极其聪慧，但有个致命的硬伤，用今天的医学术语来讲就是间歇性精神错乱，这与六月四日那天受惊吓是否有关不得而知。

反正从贞观元年到贞观十年基本上还是正常的，期间学习成绩优良，与老师孔颖达合撰《孝经章句》，注《汉书》等。治国本领可圈可点，贞观九年太上皇逝世，皇帝居丧期间诏令太子暂理军国大事，承乾将朝政处理得井井有条，后来皇帝离京还委托太子居守监国，处断颇识大体。

然而，偶尔的表现却令人无解，例如经常模仿突厥人的行为，从百姓那里掠来牲口仿突厥办法用大鼎煮食，跳突厥人的舞，更有甚者，向下人说："我崇拜可汗，他们争夺汗位，兄弟败了，还可当大将军（可能是指突利可汗在争夺大汗位时败给了颉利可汗的事），有朝一日我拥有了天下，我会带数万骑兵到京城西打猎，去除汉人装束，投靠阿史那思摩酋长，宁愿当其麾下的一位将军"，还说："我或当了天子，想干嘛就干嘛，不听我的就杀了他，杀五百人，就没有人反对了。"

其他大臣看了听了，觉得荒唐至极，皇帝听了可是另有一番滋味。

皇帝接下来的行动可使结果更加糟糕，一是除了大骂太子不是东西，派更严厉的老师去管教外，基本不要他上朝，免得听他胡言乱语（注意这个成语的出处就在这里，胡言者，突厥之语言也）。二是加紧培养嫡次子李泰，并达到溺爱的程度，各种待遇甚至超过太子。尽管大臣们提醒这样会招致祸端，可皇帝不这样想，朕就是要做给太子看，你不想好好当太子吗，有人当。

这种脚踏两只船的日子拖了很久，终于拖出事端。

果不其然，李泰受宠后，看到承乾越来越荒唐，身体也越来越差。觉得自己当仁不让了，先是大力培植自己的势力，并且放出话来，"我要当了皇帝，决定把自己的儿子杀死，然后把皇位让给弟弟"。这话说明在当时的朝廷，在与皇弟皇子们的交谈中，在讨论玄武之争解决之策时，确实探讨过兄传弟的方案。皇帝听了瞬间感动。可能皇帝想，那时哥哥如果这么说，我何必要发动那场被诟病的"玄武门政变"呢？但大臣们可没有受到感动，而是提高了警惕，并提醒皇帝：不可信啊！

太子听了可不这么轻巧淡静，这不明显是已宣战了吗？此时不动，更待何时？于是学着父皇的样，依样画葫芦，再来一次玄武门政变，杀弟逼父，并且参加者还歃血盟誓。

太子可能想得道者多助，起事前，把想法秘密通报了几个要好的亲王。汉王李元昌极力支持，吏部尚书侯君集，宫廷宿卫贺石兰，左屯卫中郎李安严，刺史赵节，驸马都尉杜荷都参与其中。阵势比玄武门事变时父亲的力量强多了。

但齐王李佑是个成事不足、败事有余的主，更主要的是他的外公就是因杀了叔叔李智云而被爷爷处死的阴世师，舅舅就住在身边，一天到晚唠叨，说三道四，齐王的情感在父族和母族之间摆来摆去，听到哥哥的密信后，乱了手脚，口无遮拦，先被权万纪告发，皇帝听说他竟然和他那可恶的舅舅在一起，那不是想谋反吗？于是派人去解决，三下五除二，解押来京。李佑乱说一通（不像其他亲王，我们不参与，也不告发你），把太子府请的刺客纥干承基说了出来。

这纥干承基可不是刎颈相交的朋友，很快就把事供了出来。

皇帝不相信自己的耳朵，捶胸顿足，心都死了，这时真是申述的地方都没有啊。按律谋逆当斩，皇帝知道事出有因，自己其实责任重大，不忍处死承乾，于是下令废太子，囚禁于右领军，参与者处死。

皇帝痛悔不已，十日不上朝，并拿出短刀欲自杀之，徐妃等劝道"龙体要紧啊，动乱之时，皇帝不能糊涂啊。"皇帝这才消除自杀的念头。

皇帝悲痛欲绝，自己兢兢业业开创的基业竟然出现如此巨大的变故。

还在刚登大位的时候，皇帝内心最反感的是立嫡长子的规矩，他翻开历史，知道这个规则是周公旦定的，之前尧传舜是舜囚尧而得权，舜传禹是禅让，至周礼规定了嫡长子继位制。尽管保证了六百多年的稳定，但后期嫡长子不思进取，形成朝小郡大的局面，导致春秋战国几百年的动乱局面，后来孔子提出了"天下应由贤者治理"的观点，太子不一定由嫡长子来当。皇帝认为找到了理论依据，于是取消周公为先圣，改立孔圣人，全国尊孔。但道理好讲，执行很难，谁来判断贤者？尤其是皇帝耄耋之年后，往往做出昏聩的决定。后周，隋时的皇权争夺，本朝玄武的事变造成了国家反反复复的灾难。皇帝本想把这个问题解决，说句公道话，若真在他这里解决了，不仅可名留千史，甚至可称中华救世主，但十七年了，灾难又在循环。

皇帝心乱如麻，几乎和身边每个心腹大臣都讨论过。但长孙无忌左右而言他，房玄龄之乎者也，魏征高谈阔论，除非是皇位天定，内圣外王，得民心得天下之类。皇帝自然知晓这些耳熟能详的道理，但就是无法处置现实问题。

一日无聊漫步皇城，走到铸造司大门边。这铸造司可是当时的全国铸币工厂兼中央银行，当时皇帝大胆请一个大食国王子叫"卑路支"的当任总管（皇帝很喜欢他，还赐他汉名"李彦升"），因当时大食一带铸造技术十分发达。卑路支不负皇命，铸造一种官定币值的银圆，代替足重的银锭，在唐初财力不足的情况下作用巨大，便利和促进了唐朝内部以及与外藩的商业交往。

皇帝信步进门，正忙的卑路支见到，一番礼拜寒暄，卑路支道："近来圣体可安？"

皇帝叹息道："爱卿知道啊，太子被废，当皇帝的有什么好过的？"长吁短叹一番之后喃言道，真不知道天下有无解决立嗣良方。随即眼睛一眯，看着卑路支道："听说你游历甚广，知道外邦皇帝如何解决皇位继承问题的吗？"

卑路支答道："皇帝天威无比，跺一下脚泰山都发抖，吼一声东海都要起三尺浪，皇帝的圣谕就是天条，难道还有什么行不通的吗？"

皇帝说："纵观历朝历代，因大位之争造成生灵涂炭，百业诸毁。朕曾立誓做一代贤君，但至今仍然被这事困扰，是真心问你的啊！"

卑路支沉思片刻："皇上恕罪，下臣可把一些见闻与皇上分享，可没有说孰好孰坏，立储是天大的事，只有皇上您可以定夺。臣宗土国再往西更远的欧罗巴是一片富庶的土地，那里住着一个雅典王朝，它的属地是众多的城邦，朝廷管着对外征战邦交等大事，每个城邦都有自己的政府和税务官。国王的产生除了皇室推荐，还要多数城邦的拥护，最后还要教宗认同。"

皇帝说："我们这里尧舜之前也差不多，实际上自秦才开始废封建，置郡县。汉以后又恢复了分封，只是封国地位没有那么稳固了，争夺仍没有停下来。番邦势力太大了，要么要挟持朝廷，要么取而代之，要么培植傀儡挟天子以令诸侯。"

卑路支答道："那是皇帝的权威和利益太大，欲惑太多的缘故，臣听说雅典国王除了有尊严受尊敬外，其实是献出的多，收获的少，所以其他人轻易不会铤而走险窥视这个位置啊。听说高祖说过这样的话：天下只有一个天下，天下却有无数的能人啊。微臣听说前朝皇帝隋炀帝是有才能之人，可是自以为可以建亘古伟业，最终却身败名裂，事与愿违。"

皇帝："说实话，杨广的才能确在一般人之上，可惜他不知水可载舟亦能覆舟的道理，不懂天子也必须为天下苍生谋福祉，所以能人也完败啊！"

卑路支反驳说："隋炀帝做的很多事，其实是为民办的实事啊，只是办得太急躁了，好事办快了也成了恶事，他的失败不是他没能力，不是因他不为民办事，不是他不想基业长存，而是他权力之大，超乎天地可以承受，于是物极必反。臣还冒昧向皇上报告，西方那边人认为，土地生育万物，女人生育万物之灵，这两样天然必须受到特别敬重。皇位也不过是上帝的分工，皇帝也受上帝使者的监督，但在我们东方，皇帝认为土地是我的，女人是我的，男丁是我的，我的是我的，你的也是我的，我善待你是皇恩浩荡，我糟蹋你是天命不可违。三宫六院，国之利器都是拱卫皇权。这难免遭人窥视啊！"

皇帝听了耳目一新，似懂非懂，总之回去睡了三天，想出了以下决策。

一是立九子晋王李治为太子。李治是长孙皇后的第三子，生性温顺，胆小懦弱，能力差点，但不害人，同时把窥视皇位的李泰流放郡县。

二是改变原来已废弃的分封制，执意封李元景等二十一位亲王，长孙无忌等十四位功臣为世袭刺史，搞了一个郡县与封建混合体。

皇帝以为这样既结合我朝的国情，又学习了西方的经验，立一个弱一点的皇储，大家都不要抢，他将来也会保全你们的性命，这是学西方的削弱中央的集权。

复封世袭郡守刺史让你们一直在本土安居乐业不要窥视皇位，也可拥戴中央，基业稳固。

他甚至把这个自鸣得意的举措写出来与后人分享，是曰"封之太强，则为噬脐之患，致之太弱，则无固本之基。由此而言，莫若众建宗亲而少力，使轻重相镇，忧乐是同。"

好一个"众建宗亲而少力"，这就是他的政体修正主义，意思是说封小而多的宗亲国，可保太平。

皇帝自以为学到了真谛，自鸣得意，实际上一点儿欧罗巴政治的精髓都没有学到。中央的权力还有那么大，一个无能的皇帝只会引起更多人的窥视，地方的番国不管分多小，地位不定，最终没有引水载舟，只会使洪水更加泛滥。

房玄龄、魏征等没有留学经历，也没听到卑路支这场精彩的演说，对这个政策不甚其解，所以极力反对。皇帝这回也不听谏，强行下诏。

没有人执行，最好的政令也是枉然。

郡王世袭之事实际上没有复辟成功。立储之事在皇帝内心也有不安。九子李治平时被当作宠物一样带在身边，胆小怕事，既不像当年调皮的自己，也不是自己喜欢的性格，但心中已做出决定，就不能变来变去。

一天，皇帝突然对长孙无忌说："李治生性过于懦弱，恐怕难以治理天下，朕不知这是不是明智之举。"

长孙无忌望着皇帝莫名其妙，不知如何回答是好。又听皇帝说道："李恪这小子倒很像我，立他为太子不知行不行啊？"

长孙无忌立刻清醒了，跪道"皇上不可这样想，庶子不能与谋。"

当然，皇帝不是真想立李恪，只是于心不甘，于后不安，心里的恐惧要找个人一吐为快。

他当然不会找房玄龄和魏征等这么说，如这样对房玄龄说，估计他会立即跪奏："皇帝英明，臣谨奉诏令，立李恪为太子，如有异议者，格杀勿论。"皇帝知道，只有长孙无忌说李治这个外甥："晋王仁孝，天下归心。"晋王此时还是一个13岁的孩子，鬼知道天下归不归心。

说者无他意，听者有另心，长孙无忌毕竟怕那个无能的外甥控制不了局势，等李治一接位，还是找个机会把李恪杀了，"恪谋反被杀，以绝众望，海内冤之"。

尘埃落定，众臣齐力培养新太子李治，皇帝始觉自己还算英明。

"六五诚难继，四三非易仰。

广待淳化敷，方嗣云亭响。"

意思是说，史上能追得上我的也没有几个啊，待民风淳厚一点，我还是去泰山封禅吧！骄傲得意之心溢于言表。

皇帝想到平生的规划，海内已太平，北面突厥已平，西至安西都护府，南至安南，现在都是朕的天下了，唯一不足的是没有实现东征的愿望。高句丽那邦小子，穷得叮当响，只要东西，又不朝贡，偏偏善骑射，搞狙击。杨广要不是中了那小子的埋伏，伏箭而归，后来也不会这样自暴自弃，隋朝说不定还是隋朝呢，旋即又做了一个满朝文武都不同意的决策：准备东征高丽，心里想，这是我要帮太子完成的最后一桩大事了，把一个太平盛世交给你，总安心了吧！

皇帝正在踌躇满志，决策如何东征的时候，忽报陇西王、江南道台，荆州大都督李博义求见，听说足智多谋的堂兄来了，甚是高兴，立马诏见。

皇帝与堂兄见面，高谈阔论一番，谈东征，谈立嗣，得意扬扬。

李博义乘机报告找到李承义的消息。

你大哥的小儿子李承义找到了，在臣治下之龙阳县南边界，资水边上一个不知名的小地方狩猎，不过听说在一个和尚的感化下不会对你构成威胁了。

皇帝当时听到这个消息，悲喜交集。现在天下太平，当然也不会顾虑承义会造什么反了，只是觉得欠哥哥一个人情，当年玄武之变后，自己夺得了皇位，本来厚葬了哥哥，还极力拉拢重用了哥哥的旧臣，但哥哥的一班旧臣还是死心塌地要为他报仇。罗艺、李瑗、李孝常、王君廓、刘德裕等，要么文武全才，要么是皇亲国戚，特别是王君廓、罗艺堪称旷世全才。尽管反叛很快被平定了，但对这种同室操戈的事，皇帝内心着实痛苦，同时也加重了自己的罪责。本来在事变之初就想好了对太子旧部分化收编的计谋，像王珪、薛万彻、冯立、韦挺等争取过来以后"甚有惠政"，争取魏征还花了一番功夫，后来进谏如流，对矫扶过失确实起了很大作用。魏征喜欢唠唠叨叨，倒有点像大哥，以致后来真有点离不开他了。后来魏征死了，皇帝赠诗：

"无复昔日人，芳春共谁遗。"

"芳春"二字暴露实则想念的是哥哥。

还有一些皇亲国戚一直不买自己的账，认为自己的天下是窃来的，"你夺了天下，我们也不造你的反，让我们享受一下总可以吧。"特别过分的是满弟滕王李元婴，贪财暴政，欺压百姓，终日笙歌不断，奢靡至极。自己的七皇子蒋王李恽也跟着敛财无数，丹阳公主甚至带着和尚招摇过市，坊间议论纷纷。与皇帝提倡的节俭，简俗背道而驰。得到举报，自己也不敢严处，"稳定压倒一切，贪腐问题听之任之一点就算了吧！"自己这样出尔反尔、施政不公，魏徵等听了大眼瞪小眼，直摇头叹气。

在社稷和亲情之间，孰重孰轻，没人能找到所谓的"平衡点"。

我一定要去见一下承义，是祸是福都要去证实一下。皇帝心里说，于是经过盘算，告诉太子，"朕最近身体不适，想到你堂伯陇西王那里去休养一段时间。顺便检查一下东征船只准备情况，朝廷的事全委太子了"。

下篇　隐遁

释落尘埃，忏心寻亲
侍母南居，龙牙归遁

贞观十七年（643年），清明刚过，皇帝择日起程，前往荆州地方。陇西王李博义远道而迎，一番寒暄，酒肉歌舞招待不表，皇帝问了江陵造船备战东征的情况。当时朝廷选了江陵、巴陵、江州三个备战造船厂，在李都督的监造下，江陵造船工程十分顺利。皇帝甚喜，又礼乐排场一番。

休整时日，皇帝便与陇西王博义，仅带上终生不离的贴身小棉袄尉迟敬德，随护侍卫秦怀玉（此人正是心腹大将秦琼养子，年纪轻轻，功夫了得，英俊潇洒，仪表堂堂，很得皇帝喜欢，自从秦琼积劳成疾去世后，皇帝就将怀玉带在身边），轻车简从，不声不张，渡过大江继续南行，先到龙阳县治所。李博义吩咐萧知县这次皇上督办东征军务，现要微服私访，除着令你本人陪同，不能广告天下，不得扰民等。

第二天旋又由萧知县带路继续南行，行约六十里，过一关隘，只见左右各一山峰，左边山峰陡峭凌厉，像一个大大的笔架，只见山边已插上尉迟敬德的乌龙旗。

右边一山周边比较整齐，山顶平缓，像一个大大的砚台，山上已插了秦怀玉的杏黄条旌。

皇帝知道，目的地可能就是这里了。稍行里许，来到一大河边，河水湍急，河边一开阔地台，已搭有军营帐篷。进得棚内，感到一些闷热。

陇西王李博义觉得过意不去，说道："这里荒郊野外的，没有行宫，请皇上暂且歇息，待见过您要找的人，再返回吧！"

皇帝问萧知县："这里是你的辖地吗？"

萧知县趋前答道："启奏万岁，刚才路过的关隘就是县界，那边就是微臣治所，这边属于潭州益阳县辖。不过天下都是陛下的天下，这里也是陇西王江南道台李博义大人的属地，皇上尽管放心，安全无忧。"

皇帝吩咐立即传书益阳知县，秘密到此接驾。

一路劳顿，皇帝觉得累了，也不顾军营条件简陋，躺下便睡了，尉迟敬德依然陪寝，怀玉在帐外站岗。

第二天起床，听到周边鸟语声声，流水潺潺，觉得神清气爽。尉迟敬德请道:"要不要下臣把圣上要找的人叫来。"

皇帝说:"不要惊动他们,兴许朕只是远远地看那师徒一眼就是了。"

这些臣子不知道皇帝这次来的真正用意,听得云里雾里。

当年皇帝听说了承义的下落后,心中便一直策划着此行。一是听说和尚化解了他心中的仇恨,皇帝不免有些感激和好奇,他要会一会这个和尚。

另一方面也说不上思念,反正就是想看一眼这个侄儿,听说受了很多苦。回想起承乾太子谋反案败露时,一副可怜的样子说:"我是名正言顺的太子,本来就没有谋反的动机啊!是李泰那势在必得的样子逼我的啊!现在既然已犯死罪,你就杀了我吧!好让我去见那些冠承字的兄弟,我们的名字都是爷爷取的。"皇帝听了傻在那儿,不忍心杀承乾了。是啊,自己的儿子只有承**乾**是太上皇取的名字,其他侄子,除承宗早逝外,隐太子的儿子承道、承德、承训、承明,齐王的儿子承业、承鸾、承将、承裕、承度这些太上皇赐名的承字辈的侄子都死于己手,唯有承义不知踪影,所以这次来纯粹是了自己的心愿。

用过早餐,一行人便跟着皇帝简装束行,向上游走去。来到一出处,见一小桥,桥那边隐隐见一红墙所在,但见"万山烟雨锁龙宫,千古水云迷洞口",叹道:仙境也。

正复前行,迎面一僧人,气宇轩昂,双手合十,立在桥头迎接一行。皇帝见状,立趋前:"造扰佛门净地。"

龙牙逅之帝叔寻亲

萁豆相煎因执着,当朝传嗣果断肠。
江湖之远报新面,观极悠然应长想。

和尚微微点头,口中念道"脚下接龙桥,天心了缘了,需了终须了,了了了烦扰。"说完便在前面引路,走过一段郁郁葱葱鸟语花香的山道,前面豁然开朗处,一座肃静的寺庙呈现在眼前,庙宇谈不上富丽堂皇却可见简洁整齐庄严干净。路过处,几个和尚立即停下功课,肃立一旁双手合一,等客人过去。皇帝觉得这些和尚与京城那些行僧果有不同。

进到小庙，皇帝开口说道："听说这里住着一个大德高僧，能治百种病，能解万种难，我等特意来拜访，莫非阁下就是？"

和尚早就看见李博义李大人，竟然只是跟在此人身后，知道肯定是皇上御驾亲临，也不道破，也没跟李大人打招呼。平心静气，答道："施主过奖了，这里没有大德高僧，只有一群和尚，潜心向佛，只为度天下苍生，至于解难，天下若无人为难，何须解难？至于治病，也是解惑释疑宽心而已，施主是有病要治吗？"

皇帝伸出左手，请您看看病吧！

智洗手搭腕脉，仔细品味脉搏机理，果真觉得脉象浮沉不定，似有症结在心，便看着皇帝的眼睛，问道："施主有何不适吗？"

皇帝也不答话，只是用手在空中写一个"茧"字。

智洗说："贫僧给施主讲一个故事，当年我的师傅道信初见三祖僧璨大师时说：'愿和尚慈悲，乞与解脱法门。'僧璨反问我师傅'谁缚汝？''无人缚''何更求解脱乎？'于是我师傅大悟。"

皇帝："作茧自缚，也不能解脱啊。"

智洗伸出一双宽大而柔软的双手，把皇帝双手捧起，一双眼睛放出慈祥的光芒，望着皇帝，口中轻轻念道：

"愿大势至菩萨保佑。"又念大势至菩萨圣咒："嗡，巴扎，嘿，嗡，巴扎，詹扎，摩诃噜呵呐吽嘿。"wēng, bā zhā, hēi, wēng, bā zhā, zhān zhā, mó hē lū hē nà lōu hēi多遍。用现在的医学讲就是采用催眠疗法，见皇帝似睡非睡，又大声念偈：

"势至菩萨德无疆，辅弼弥陀作慈航。

救苦直同观自在，导西不异普贤王。

修因遍用根尘识，证果俱获圆通常。

摄念佛人归净土，此恩永劫莫能忘。"

皇帝似醒非醒，见一双慈眼正望着自己，忽然感到自己一直渴望的就是这个久违的眼神，这是母亲的那双充满慈爱、充满鼓励、充满信任、充满希望的眼神。皇帝顿时觉得又回到了儿时，那时母亲是自己的避风港，父亲的苛严令自己紧张，一回到母亲身边自己就浑身轻盈，无拘无束。可惜母亲在晋阳举事之前几年就去世了。后来自己长大了，挑起了无以复加的重担。特别是玄武之变后，可以说眼睛都不曾眨一下，以致积劳成疾，御医检查也说不出什么病。今天一场奇遇，真有长途脚夫卸下重担的感觉，一下子神清气爽了，不由得对和尚产生了亲切感、依赖感。想到母亲，又回忆起那个多次半夜惊醒的噩梦：母亲坐在大堂上，双目紧闭，面露痛苦，哭喊道，我瞎眼了啊，儿啊，你要治好我病啊！自己正欲上前施礼，母亲突然不见了。奇怪的是，这个噩梦总是反复出现，自己经常被吓得一身冷汗，只有叫秦琼和尉迟敬德两位大将陪寝才敢睡，十几年了这个噩梦总是挥之不去。李淳风等人建议要请道士来驱邪，皇帝坚决不同意。今天见了大和尚，决心提出来，于是说："感谢大师，觉得好了很多了。但可不可以代我母亲捡一剂药，她每次闭眼示我，说已失明了，要我帮他求医诊治。"

智洗问道："是施主亲母吗？"

"是的。"

智洗知太后已去世多年，也不道破，说道："一切色相诸是幻影，一切唯心生。"接着伏笔写下一个方子，交给皇帝。

皇帝展开一看，写着："龙牙为药，爪为引，无根水煮亲侍服，定安妥。"皇帝惊讶道："这药怎么能取到。"

智洗慢条条说道："世事本无常，病体本来无，药引本来有，母病本自病，自病本自药。"

皇帝似有所悟，脱口而出："大师是说朕须敛恶用悲吗？"

智洗见皇帝自己露了身份，连忙做下跪姿势："贫僧智洗，请陛下恕罪！"

皇帝扶起和尚："大师方外之人，不必行俗家之礼！""朕这次是私访，没有告知地方，既然大师已经知道了，请不要外传。"

智洗是有大觉大慧之人，先也知道来者就是皇帝，只是没有点破。现在既已然明了，就直来直去，不打哑谜了，接着话头说："贫僧早课至桥边，见晨光万丈，知定有天降大喜，所以立于桥上迎接。不曾想陛下亲自驾临草寺，贫僧诚惶诚恐，请陛下恕罪。贫僧知道陛下这次不是来兴师问罪，斩草除根，而是来布德施恩。因此那个药方其实陛下自己已经备好了。"

皇帝说："大师莫非是说朕一来见你，病就会好了。"

智洗答："是皇上自己证得正觉，是大势至菩萨保佑，大势至菩萨以智慧光普照万物，令众生离三途，得无上力。今大势至菩萨愿保佑陛下为天下苍生多谋福祉，愿陛下放下该放下的，担起该担起的，一定会消除一切烦忧，得无上的福报，阿弥陀佛！"

皇帝似有感悟："得大师开悟，朕觉得要做一个好皇帝在乎为天下做些什么，而拘泥一些个人得失似乎不妥。朕这次见到大师，不虚此行，但不知能否了却该了的心愿？"

皇帝怕惊吓了想见的人，只是暗语相问。

智洗也不知皇帝究竟是何用意，所以也不愿直接把义方交给他，只是说："一切该有缘，皇上有何心愿，一定可以实现的,今天皇上辛苦了,暂且请回,改日恭迎御驾吧!"

皇帝说:"那就改天再来吧!"

皇帝回到军营帐中,第一次觉得睡得很安稳。

第二天尉迟敬德将军要上山看地形,皇帝吩咐:"今天爱卿不劳下山了。"

"没人陪寝,陛下又睡不好,怎么办?"

皇帝开玩笑地说:"反正秦琼也不在了,索性在朕门口画上你和秦琼的像,吓唬吓唬那些扰魂鬼,朕就不怕睡不着了。"

陇西王听了,真的画了两尊像贴在皇帝寝室门口,第三天问皇帝睡得好吗?皇帝答:"很好!"

从此皇帝不再需要尉迟将军陪寝了,改由两尊像作为门神。后来这一带门神盛行,听说能除邪除灾,灵验得很。

益阳裴知县得报,匆忙坐一帆船逆流而来。因当时益阳县到这一带只能坐船。行至龙口滩,不能再上,就叫当地人和兵丁一起砍当地出产的楠竹搭起一个临时的码头。这竹码头虽然是临时建筑,但毕竟是官府搭的,用料不省,做工精细,所以用了近百年,给后来的百姓带来很多方便。

皇帝见裴知县赶到,也很高兴,说:"裴卿啊,你这地方尽管偏僻得很，可是人间仙境呀！今天朕亲自到了你这里，看有什么招待吧！"

裴知县已略知皇帝的来意，也不畏惧，奏道："微臣知罪，接驾来迟，穷山恶水，更拿不出什么招待陛下，这一带原是楚国的中心，民风淳朴强悍，这资水是洞庭九江中最清澈的，但也是最汹涌的，所以交通很不方便。古时楚国左徒、三闾大夫屈原曾经被流放在这一带，《天问》就是在这里写成的。"

皇帝饶有兴趣地听着，这时插嘴道："屈平人才难得啊！《天问》，他的问题也是我的'问题'啊！"随即吟诵道："登立为帝，孰道尚之？皇天集命，惟何戒之？受礼天下，又使至代之？中央共牧，后何怒？"众臣听了，唯唯称是。

是日，裴知县设宴请皇帝一行。席前上一道茶，叫擂茶，由当地产的一种黑茶加上姜、盐、豆等混碎而成，据说当年曹操水兵在这一带与孙吴兵作战时得了疟疾，就是用这种茶汁治好的。菜谱一道是"龙凤和谐"，就是将当地产的一种百花蛇卷曲放在鸡肚里炖制而成。还有一道叫"适者生存"菜，就是当地的鳊鱼。官员解释这地方河中石缝甚多，鱼儿为了生存就长成这个样子。

席间说起楚人的生活习俗、性格特征等，裴知县神吹道："说起楚人，有一个特性叫'宁为玉碎，不为瓦全，'这是优点，也是缺点，也就是说不懂转弯。"

"诚既勇兮又以武，

终刚强兮不可凌。

身既死兮神以灵，

魂魄毅兮为鬼雄。"

"而周公也好，孔孟也好，他们教导的北方文人则主张，即明且哲以保其身，斯为贵矣！"

皇帝听得这些朝廷听不到的自由议论，心情特别舒畅，心中说，"难怪杨广在南方乐不思归呢！"

随席宣扬道："朕也是楚狂人一个啊，博义兄啊，你说是不是？"众人齐颂，皇上乃真英豪。皇帝又宣布，朕要在这里多待些时日，对博义说："你吩咐萧、裴二卿在这个地方建个别墅，帮朕也建一间，你们要在这里陪我。"

于是兴土筑木，在台地上建了几间公馆，皇帝一间在中央，叫李如宫，周边两个公馆分别是"荆州堂""龙阳堂"，裴知县说"我的不敢叫益阳堂，此地本在益阳县界，我在这里宿卫圣上，应叫忠心堂"，皇帝听了说俗得很改叫"赤堂"，取赤胆忠心之意。

皇帝有心常驻，众臣只得将就安排，陪伴左右。皇帝自那天造访寺庙，后来又多次屈就，并且同智洗进行了许多有趣的交流，最终叔侄也见了面。

再见智洗，皇帝问起大师得道缘由，智洗介绍了自己皈佛的过程，也是一段鲜为人知的佳话。

"大业十三年春，炀帝隅居江都，明知北方狼烟四起，仍然自顾花天酒地。他自从东征被杨玄感搅了局，变得判若两人，昔日的雄才大略天下抱负变成了今朝有酒今朝醉。这时江都消费大增，从附近搜刮已不够了，于是命江州、吉州等地及南边征得钱粮运往江都。那年刚开春，从赣南、岭南等地征集了一批粮食，先存在吉州府，后运往江都去了。附近的农民很多连种子都被征走了。正当青黄不接的时候，又闹起了水灾。灾民听说吉州城里屯有皇粮，于是结伴去官府乞求放粮。消息一传开，很快集聚了10万人之众。可粮食早已运往江都，哪有粮可放？州府情急之下只好关闭城门，若开了城门又找不到粮食，城里区区2万人不是会被活活吃掉？可是越关城门，外面的消息传得越邪乎。于是饥民把个吉州城围得像铁桶一般，州府又搬不到救兵，眼看城里人饿疾无援，城外人围着不走，真的是无计可施。此时，道信大师从皖公山来，知道惨况后，不顾安危，走遍围城的所有道口，以菩萨慈悲之心救助饥民，同时告以实情，灾民们遂退回乡下。于是又进城救治病人，感动上苍，阳春月降大雪使瘟疫受到控制。这就是道信施法退贼兵解除吉州城七十天围困的传说。贫僧当时正是吉州府丞。在官兵都无计可施，差点葬身吉州的时候，看到道信师傅的道行功德，于是抛却凡尘，跟着他皈依了佛。受到他老人家的开释，悟得了一点点道。武德四年（621年），跟师傅住破额山，终止头陀行，师徒定寺，农禅并举。贞观元年，师傅吩咐我来到此地开设道场，弘扬正教，说将有大事托付于我。我到了这里也就是行行医，讲讲法，能接触天子龙脉，实是前世的善缘，想不到还能与陛下咫尺交谈，今多有冒犯，念在出家人无欲无求，请陛下恕罪。"

皇帝听了智洗介绍，叹道："原来大师也曾是官宦出身，知书达理，又受到佛教的洗礼，一见就知是个大智大慧之人。还听说大师感化了一个心怀深仇的人，大师是于国有功之人。大师也知道我来的目的，是想见一下承义，望大师能行方便。"

智洗答话："皇上是顶天立地的天子，今天亲自来就是天地圆融了。天下孽缘由贪而嗔，由嗔而痴，由痴而狂，善缘由爱而恤，由恤而助，亲人相认相助当然是善之又善。您也知道，这里已经没有心怀复仇心的承义了，只有一个向善向佛的义方。陛下要见他，贫僧自当安排。待我通知他，就来见您。"

义方（承义）见到皇帝，没有怨恨，也没有欣喜，心如止水，面如红莲。而皇帝见到承义却是百感交集，第一眼望见一个明显不像只有二十岁的青年，面容黑瘦、粗犷，两眼内陷，岁月的磨难让青年显得成熟老成，怎么也跟眉清目秀的那个哥哥挂不上钩，只是那眼神还有老母亲隔代留下的痕迹。

皇帝心生怜恤，上前说道："朕是专程来看你的。"

义方淡淡答道："本自清净。"

皇帝："原本以为你不在人世了，看到你我高兴。"

义方："本不生灭。"

"你现在过得怎么样，还好吗？"

"本自具足。"

"如果你愿意，朕想带你走，这里生活实在清苦。"

"能生万法。"

皇帝见承义只说佛言，不知是否真情如此，看到庙前飘动的幡旗，便作诗一首，他还要再试探一下。

"拂霞疑电落，腾虚状写虹。

屈伸烟雾里，低举白云中。

纷披乍依廻，掣曳或随风。

念兹轻薄质，无翅强摇空。"

义方回道：幡旗没有动，也不想强摇空，只是陛下的心在动，同时也作偈一首：

"心地无非自性成，

心地无痴自性慧。

心地无乱自性空，

无增无减自金刚。"

皇帝听了赞叹不已,对这位侄儿不必再有戒心,同时对智洗、对佛教,对这位亲人不免产生了崇敬之感。

再见智洗,皇帝顿时觉得亲切了许多,于是彼此之间又谈了许多匪夷所思的话题,有些甚至影响深远。

皇帝说:"大师知道的,朕并不是特别崇敬佛教的,唯独在这一点上朕和父皇站在同一阵线,而皇兄是信佛的。大德四年,父皇曾向皇兄说'佛教虽兴自往昔,但僧尼调课不输,丁役俱无,未能益国利化,今欲废佛,太子意如何?'皇兄奏称'释氏立教垂范,尽妙穷微,儒道难以伦比,古今明君贤士咸共尊之,今因愚僧之过,欲毁尊容,玉石同烬,理为未可?'今天看来,皇兄也许是对的。"

皇帝接着说:"但是,仍存在很多疑惑,佛教僧徒不服兵役,不耕种田地,还像皇室收税一样收取百姓的供养,还有特别不能认同的一点是禁欲,现在我大唐人丁稀缺,朕欲大力发展人口,要是依佛教规矩,都不讨老婆了,怎么发展人口,佛教说的很多道理都很好,但空谈误国啊!"

"贫僧的觉行并不配解答陛下的疑惑,只能将知道的事情转告陛下,一切皆随佛缘。"智洗说:"皇上关心的这些问题,教内也知道,我们经常举行辩经大会,是为找到佛说的真谛,去掉被曲解的东西,去伪存真。皇上看到庙前的田地是我们自己种的，后山的茶园是我们自己开的。师傅告诫我们不但要在庙堂上礼佛，更要在生活中修行。师傅住锡破额山后，严格区分和尚和居士。作为专门事佛的和尚，受佛的委托，向尘世传播智慧超度众生，不能受尘事牵挂，所以要受戒律，但并不要求信佛的人都禁生育，俗家弟子不需剃度，不要出家，一切生活如俗。对于出家弟子，也必须农禅结合。师傅在东山寺就自置僧田，亲自耕作。这些变化陛下可能也看到了。至于一些寄居富贵人家，招摇富饶街市，巧言令色，骗人财食，淫人妻女之徒，是害群之马，应教内除之，王法治之。"

皇帝说："在京城有的和尚巧言令色，骗色骗喝，有个叫辨机的和尚就是这类。但他的师兄三藏和尚可是个正人君子，潜心修行，在京城威望颇高。贞观三年（629年）的时候，正是我面对佛的疑惑，派他到梵国去取真经，不料他这一去至今仍未回，可这边正如你所说，一些问题正逐渐理清了。"

智洗说："善哉，佛教传入中土已久，虽然度了无数有缘人，但也曾被妖魔丑化而受到严重伤害，直到达摩祖师面壁悟禅，才让正法在中土真正生根开花。陛下关心支持肯定是信众的福音，只是弘法的路还很艰难，任重而道远。"

皇帝说："有利于淳化百姓的善举，朕当然要支持。

大师说佛教有正法和邪传之分，朕过去误解佛教可能正是玉石不分，那么弘扬真正的佛法，驱除披着佛徒外衣的奸恶之徒，就很重要了，如何才能证得正传呢？"

智洗说："我们一祖达摩禅师，本生于南印度，来中土传教时已150岁了，起初航海到达建业见了梁武帝，当时梁武帝信佛，达摩祖师和梁武帝面谈不契，因梁武帝并没有将佛融入心中，而是当作外器。祖师担心这样会误国毁法，于是继续北上，在嵩山面壁九年，终于悟出在中土宏佛的法门，然后二传慧可，三传僧餐，四传道信。道信就是我师傅。他们的传承是一套旧衣钵，原来这种传承不为外人所知，为了证得正法，才一脉相承，告知天下。其实祖师传位并没有什么权力的争夺，只是一种尊严，达不到境界的和尚是不可能去争夺这个位置的。"

皇帝说："佛教的意义在于帮人找到生的真谛，教人广结善缘，远离恶习，超度人到理想国的世界。其实这一切与朕提倡的淳化民心作用是一样的，可是你们没有强制力，人心如何淳化得了呢？在我看来，百姓是需要管教的。""百姓无事则骄逸，劳役则易使，若不为此，不便我身。"

智洗说："虽然都是教化，佛是润物于无声，皇上是强制使之成习惯。佛教的教是光大人本身的佛性，灭贪嗔痴诸孽缘，扬真善慧诸佛性。敬畏天地谓之真，敬畏民心谓之善，敬畏法礼谓之慧。而以皇帝个人的爱好驱使百姓，容易使民心反复无常。上好下趋，习以为常。上好征战，杀戮不以为耻，上喜游乐，淫乱不止。隋炀帝虽有雄才大略，但决大事不敬天地，山河共泣之，赋征讼不敬民心，饥盗群而起之，治天下不敬礼法，奸猾之徒盛行，终亡国也，贫僧也曾为隋臣，不耻为伍也。"

皇帝听了很多佛教界的故事，兴趣渐渐浓厚，态度由原来的排斥佛教到逐渐接纳，然后到虔诚礼佛。

这日，皇帝问智洗："听说在西方人人都要做礼拜，连皇帝也要进行忏悔，是这样的吗？"

智洗答："礼拜，其实是形而上，只要心中有佛，不必拘泥形式，至于忏悔，忏者，终身不做，悔者，知于前非，永断不做是为忏悔。这是人洗心的过程，人本来就像一个气球，里面装满了嗔贪痴各种罪孽，通过忏悔把罪恶排除，把清净装入，最后人就是佛，通体晶莹，无空无色，无欲无求，无罪无恶，无爱无恨，端详清净，这就是般若波罗蜜界，也就是无上自由界。"

皇帝说："你知道，朕是信奉老、庄的，道家说皇位是上天注定的。可是说实在的，朕对平生所做的一些事情仍不能释怀，孔圣人说社稷重，人伦轻。朕，包括杨广还有很多帝王，都不是无情无义之人，为了社稷丢了亲情，值得吗？"

智洗说:"陛下说相信道家的天象,也相信先圣克己复礼之说,唯独没有说信任自心的佛性。道家、儒圣也有很多光辉灿烂的思想,但我们佛家讲的是因果,种了前因,必有后果,前日的因是今日的果,今日的果是明日的因,轮回反复,这都是可以印证的,已经发生的事我们相信都是有因果的。佛说人修行动功,内心佛性显现就悟到如来,悟到空,也就是道所说的天道,不过道家的道是从天外观测到的,圣人的礼是人制作出来的。佛家相信只有种了善因才能得到福果。至于陛下内心如何才能找到平安,我那天说关键是要放得下。放得下,才能保持虚空,虚空才能悟得如来。"

"谓之,住烦而不乱,居禅而不寂,不断不常,不来不去,不在中间,不在内外,不生不灭,性相如此,常住不迁,此曰达道也。"

"皇上认为,富贵在天,没有天命做不了天子,而佛说,猲獠身与和尚佛性无差,若能见如来,人人都可成佛。"

皇帝说:"我每每如驾朽车,如履薄冰,战战兢兢,勤勤恳恳,节节俭俭,但还是被指谪,还是有人造反,所以心中才会有那么多的烦恼,那天才请你看病。"

智洗说:"佛教讲万事皆空,当然不是讲虚无缥缈,空其实就是圣人的理,也是老庄的道。我空即我佛,是万能的,是唯心的,而不是外界的,也不是造就的。万事皆空是讲万事都有大道有大理,不必拘泥于具体的物,拘泥于小节中。陛下一生勇往直前,与天斗不曾拘泥于天象,与人斗不曾拘泥于伦理,都赢了。依贫僧看来,陛下正在进行的一场争斗是在陛下的心中。"

皇帝说:"是啊,朕烦心事多着呢!在选嗣问题上,可没少花脑筋,最终还是让太子也反我了。难道这就是所谓因果报应吗?"智洗笑笑:"贫僧所知道的都跟陛下说过了。佛度一切有缘之人,但佛度不是外度,不能代替凡人度悟,众生须于自省自性自度。"

皇帝还和智洗讨论了许多问题,然而天下终究没有不散的宴席。要离开了,问智洗,打扰多时,有什么要求?智洗说,出家人四大皆空,个人没有要操劳圣上的,如果可以帮当地百姓提个请求的话,贫僧请圣上看看这门前河水在此湍流太急,而从上游下来的船木、盐巴北上中原,必经此地,能不能把这龙口滩解决一下。皇帝说:"可以!我马上去看看,想个办法。"又说,"朕仰慕你师傅道信禅师,请向你的师傅问好,以后有机会想一睹禅师风采。另外,你们庙里有什么其他要求吗?"

智洗答道:"贫僧一定向师傅报告,陛下想开万代伟业,我佛普度众生,殊途同归啊,陛下若能与佛祖沟通,二力合一,是百姓之福啊。至于这个小庙,我们当以自己之力,到时如果改修一下,望官府批准。"

皇帝说:"朕这就准了,承义,不,是义方将来如能做主持,这个庙可以比照京城的太和庙规格。"并随即御书"敕建龙牙寺"作为庙名。

智洗谢过皇帝,说:"义方现在尚未出家,主持的事以后随缘吧!"

接着智洗备菜款待皇帝一行,也上了两个菜,一个叫"菩提瓜",藤本植物,结果如葫芦,果小时做一套,上刻有佛字,成熟时字体印到果上,喻义新颖,如果蓄至老,取出子央,可盛水盛物,用途很广,所以叫"菩提瓜"。另一个菜叫"不屈根",是在竹笋出土时,用一瓦缸盖上,遂长满瓦缸,取出剥皮炒食,清脆可口。主人有心,食者会意。

临别,皇帝送诗一首,回应智洗初见那天的禅语。

"宝刹遥承露,

天花近足春;

对此留余想,

超然离俗尘。"

回到军营,招来州县商议:在龙口滩东南侧另开一水道,从下游再注入主流,水流变得平坦,龙口滩变成河连坪了。因那时的水流比一千多年后的现在要大十倍,改河花了大量人力物力,中间筑一分水坝工程都十分艰难,所以后来叫百筑洲。

从此不毛之地变成了一方沃土。

时间到了五月初五,事先裴知县报告过皇帝,这天是当地的一个大节日,古时叫浴兰节,后因屈原五月初五投江殉国,所以这一带把这一天也作为凭吊屈原的日子。

这天节事,一是有龙舟赛,这里民风强悍,竞赛时小伙子们使出了浑身解数,表现自己的勇猛,所以这天也是姑娘们挑选夫婿的日子,当地有个习俗,龙舟竞赛中死了人,官不查,民不究,由当地当作英雄厚葬,所以竞争场景之惨烈可想而知。从这里往下游有个叫"桃花巷"的小地方,龙舟赛甚是热闹,二是吃角黍(即粽子),喝黄酒。三是以学名叫佩兰,当地人叫揽夹条的野草沐浴,经过这种香草淋浴后,香气沁人心脾,男人闻了热血沸腾,女人闻了飘飘欲仙。陇西王博义插嘴道,这一天还是仙女成群出没的时候,不过皇上记得,只有头上插着千姿百态的艾草的姑娘可以搭讪,头巾盖面头插金属饰环的姑娘说明已名花有主,可不要主动去撩拨,那样她们会告你扰民的啊!

这天,果然热闹非凡,只见江中龙舟竞发,鼓乐震天:

"冲破突出人齐譈,跃浪争先鸟退飞。

向道是龙刚不信,果然夺得锦标回。"

岸上花枝招展，一个平时见不到几个人的小地方，今天怎这么多仙人般的美女、俊少出现？皇帝等乔装打扮，此时一副绅士模样，径向前去，美女们也不避让，嘻嘻哈哈。

皇帝突然闻到一种香味，想起来了，就是武才人身上那种香味，这种香与北方那些浓浓的香味不同，淡淡的，但沁人心肺，原来这是南方浴兰节人们常用的那种佩兰沐浴配方，在北方稀有珍贵，在这里比比皆是。皇帝取笑陇西王："原来以为你为朕选了个武媚娘，芳香扑鼻，是你大公无私呢，敢情你这里藏着无数个媚娘啊！"陇西王也不争辩，只与美女们打情骂俏，原来这几位正是下游县城的艺妓，听说这里五月五赛龙舟胜是好看，帅小伙，达贵人多得很，特意前来看热闹的。皇帝上前，吟唱一句：

"向日分千笑兮，迎风共一香。"

美女和唱道："会须君子折兮，佩里多芬芳。"

皇帝又吟："白菡萏香初过雨，荷花才信增姿媚"，忽然想起了在京城的武才人、徐才人。

那边女伶又唱起来："荷叶荷花相间望，红娇绿嫩新妆就，昨日小池疏雨后，铺锦绣，行人过去频回首。"

对答如流，欢天喜地，于是生出许多风流佳话。

皇帝终于要择日返京，欲将这三堂公馆送与义方，不受，皇帝也不勉强，交一姓周的戍尉留守。回到京城，长孙无忌见到皇帝休假回来，神清气爽，便阿谀奉承。皇帝见长孙无忌辅佐太子兢兢业业也很满意，开玩笑说："朕去博义兄那里会仙去了，那起居录就不要胡乱写了吧！"

百官都看得出，皇帝的心情比以前好多了，脾气也随和了，心中的病明显好转了，可能是时刻紧绷的神经有所松弛，身体上的疾病却开始多起来。

皇帝开始策划，自己平生还有哪些大事未完，要迅速了结。

这时三藏和尚从梵国游历14年终于打道回府了，皇帝很高兴，与其长谈三天三夜，又允三藏在长安大设法坛，宣讲佛法，听者达十万之众。

看到佛教的力量，皇帝想起了智洗介绍的那位得传衣钵的道信禅师，决心要请大师来一会。皇帝此时想什么无从知道，可能看到佛教信众之广，想到这支没有武器的队伍力量之庞大，如何能被我所用，也许是想让这位久居山野的佛王与刚留洋回来的"教授"进行一下交流，也许是他对佛的认识真的有了升华，需要和大师沟通，总之态度很坚决。第一次去请，道信以身体不适为由婉拒了，皇帝不放弃，第二次派大臣去并写有自己的亲笔信，称久仰大师得道，望见面一谈，云云，道信仍不肯来。这次皇帝生气了，在我堂堂大唐，从没有的事，不来吗？这次派使臣带上我的刀，不肯来，你就提他的头颅来见。不料道信禅师就真不信这套,还"引颈就办",就是伸出头给使者砍。使者也有些头脑,没有真的杀他。这在当时可算天大的事,谁敢不服从皇命?

道信为什么不肯去面圣,当然身体不是原因。第一次接他的人肯定看到他,如真的不能动弹,也不会勉强。

道信师祖第一次接到邀请,就把弘忍等招来讨论,说道:"当年始祖远道而来见梁武帝,本想以皇帝的声望使大法在中土迅速传播,但见梁帝口头上信佛,实质上只是把我教当作外器,始祖才毅然北上,从此在乡野辛勤传播,才使正法得以传承,如今皇帝威望如日中天,我们当然希望有个像阿育王一样的皇帝帮助大法正传,但我觉得正法还没有深入百姓之心,皇帝对我佛会不会与梁武帝一样,这样我去就没有必要啊!等到有一天,水到渠成,我佛自会明示啊!这一天恐怕只能靠你们努力了。"

弘忍等都说:"师傅说得极是,我等将精进努力,使大法在中土深耕广播,那时再去和朝廷商议政教结合的事"。

有了定见,道信才会坚持。

皇帝听到回奏,虽心有不悦,但也佩服大师的定力,反而赠以珍缯,以遂其志。这是人王和佛王最近距离的接触了。

两颗巨星的相会,需要时空机缘。两人失之交臂,也许是如道信分析的机缘尚未来到,这也成了整个民族的遗憾!但从此佛教地位大大改善,结束了北周武帝灭佛以后佛教实际的"半地下"状况。后来武则天登基后正式确立佛教为国教,佛教达到了空前鼎盛时期。但由于当时皇权的至高无上,宗教只能做它的工具,没有渗透到权力中枢,也不知是福是悲。

皇帝把日常政务仍交由太子处理,自己静下心来,筹备两件事:一要把治国的经验整理出来,让太子和后世借鉴;二要完成东征大业,交给太子一个平安的外部环境,也是要为杨广出那一口气。

经过几个月的努力,终于写就《帝范》十二篇:

卷一,君体第一
　　建亲第二
　　求贤第三
卷二,审官第四
　　纳谏第五
　　去谗第六
卷三,诫盈第七
　　崇俭第八
　　赏罚第九
卷四,务农第十
　　阅武第十一
　　崇文第十二

洋洋万字,就是今天读来,对一个帝王的修养也是很有益处的，虽然有些事皇帝自己也没做到。

为了证明自己是正统的，开端还写道："自轩昊以降，迄至周隋，以经天纬地之君，篡业承基之主，兴亡治乱，其道焕焉。所以披镜前踪，博缆史籍，聚其要言，以为近诫之耳。"

接着还写道："如果不是聪明睿智，文武具备，受到天命眷顾和保佑的君主，那怎么能有福瑞出现而轻易登上皇位呢？"

"自古帝王的基业本由天命，绝非人力可以争夺而得。"

"我作为高祖之子，受到群臣拥戴登上皇位，继承了大唐光耀日月的伟业。每日里，战战兢兢，如临深渊，如驾朽车，没有一点疏急懈怠之心。一天比一天谨慎，经常思考在治国安民时，如何能善始善终。"

皇帝还对太子写道："你自幼生长在深宫，不懂君臣礼节，不知百姓生活的艰难，每想到这些，我深感忧虑，经常废寝忘食，心绪不宁。"

怕太子不能守成，还以自己的错误告诫他："吾居位以来，不善多矣。锦绣珠玉不绝于前，宫室台榭屡有兴作，犬马鹰隼无远不致，行游四方，供顿烦劳，此吾之深过也，勿以为是而法之。"

将《帝范》交与太子，并附诗一首：

> 以兹游观极，悠然独长想。
> 披卷览前踪，抚躬寻既往。
> 望古茅茨约，瞻今兰殿广。
> 人道恶高危，虚心戒盈荡。
> 奉夫竭诚敬，临民思惠养。
> 纳善察忠谏，明科慎刑赏。

一切准备妥当，择日御驾东征。

可是东征并不如皇帝想象中的那样顺利，打东夷和打西狄还真不一样。过去征西，敌人像玻璃一样刚而脆，我们的将士勇而猛，几个回合就把敌阵拿下了。现在这高句丽东夷像藤条一样韧而绵，你冲过去像拳头打在棉花上，鸟兽散了，你一退，他又来骚扰你。加上自己老了，李靖老了，打得下，守不住，淳化安民更是来不及。所以几仗打下来，不胜不败，无功而返，赢了战役，损了兵丁粮草，又没有收到地盘。不幸的是，本来在这次辽东城的战役中取得了较大的战果，也就在皇帝登上城楼查看战场时，遭到敌神射手射击，肩负剑伤，只好草草签下停战协定，返回朝纲。这次东征唯一值得讴歌的成绩是发现薛仁贵这个少年英才，为日后的东征胜利奠定了坚实的基础。相传这首诗是皇帝为薛仁贵而作，不太可信。

> 家住逍遥一点红，
> 四下飘飘无踪影。

> 三岁孩童千金价，
> 保主跨海去征东。

　　回朝的路上，皇帝突然感到很伤感。他预感到自己这次可能熬不下去了，高句丽那"兔子"居然在箭上涂了毒，所以远路近赶，途中迫不及待地给太子李治写信道："忆奴欲死，不知何计使还，具，耶耶。"意思是：我想你想得要死，不知有什么办法马上能见到。以皇帝平常严肃威风的性格，为什么这样写？可见他内心之焦虑，说不定他内心想说的是："恨奴不器欲死，不知何计使成。"

　　皇帝也不知道，这个看上去懦弱无能的太子，就在自己拼命征战外敌，为他扫清障碍，痛苦中还如此思念他的时候，竟和自己后宫的武才人关系甚密，说不定你忆奴欲死时，他们在欲仙欲死呢！要是知道了，又怎么样呢？那历史就真得重写了。历史不管被隐藏多深，她总会在某个角落里露出边角来！

　　回到京城，皇帝身体虚弱，肩上的剑伤化了脓，朝廷的事基本上交给太子了，自己则大部分时间在休息，心情好的时候，写写诗作作画，不过诗和皇帝的面相一样严肃认真，词语华丽，可是看不出皇帝的豪情万丈，更谈不上千年可颂的风韵了。我们来看一下居然被收录在全唐诗第一首的这诗：

> 秦川雄帝宅，函谷壮皇居。

绮殿千寻起，离宫百雉馀。

　　连甍遥接汉，飞观迥凌虚。

　　云日隐层阙，风烟出绮疏。

　　诗写了不少，满意的不多，可身体每况愈下，剑伤发作的时候常常引起昏迷，昏迷中又常做噩梦。

　　一天皇帝又开始做噩梦。迷迷糊糊中来到一去处，门口写着"阎王殿"三个大字，判官一副凶神恶煞的样子，旁边站着很多冤魂，纷纷向他索命，李密、王世充、王伯当，翟让、单雄信还有隐太子、齐王、萧后、刘洎以及那三个羽林将士等等，后面还跟着一群小鬼，一个个面目狰狞。皇帝争辩道"朕乃大唐天子，拥有生杀大权，你等岂能反而向我索命。"只见判官一拍惊堂木，大声喊道"来者可是唐主"。皇帝不由自主应声"是"，不由得昔日的高大形象矮下了半截。判官又说道："这是阎王殿，不是在你唐宫，来者都必须接受司判，你快给我跪下听判。"皇帝想一个堂堂皇帝怎么能下跪，判官见其犹豫，说道："你是跪着听判还是躺着听判，跪着听判就跪下去，躺着听判就躺到前面的油锅里去。"皇帝见前面一口油锅，下面烧得通红，锅里的油正在翻滚，吓得一哆嗦，不由自主地跪下了。判官判道："唐主听判，一干鬼魂在此呼冤，称你要了他们性命，不肯转世，非要你拿命来还，今命你前来对质，经阎罗王查实：隋主无道，群雄并起，争战杀戮，各为其主，李密、世充、翟让、雄信虽为豪杰，死之无冤，伯当虽不当死，但忠主成仁，冤不在唐主，着归阳人将相之家，齐王有杀兄之心在前，自取其辱，回阳转为寡妇，隐太子有错，罪不当诛，唐主弑兄篡位，抹杀前功，乱了纲常，但念其治国有功，功过相抵，仍罚唐主折寿五年，后嗣坎坷，其他鬼魂品在下等，着实有冤，但通判已授皇帝生杀大权，不能以命相索，判唐主再折寿四年，这些鬼魂返阳转世上好人家。"皇上欲行解辩，被判官按下肩膀，觉得触到了肩上的伤口，好生痛楚，下意识地大叫："敬德在哪？"惊醒，一身冷汗，其实此时尉迟敬德已经死了，只有长孙无忌守在身旁，忙说："皇上，怎么了？"皇帝惊魂未定，半晌才缓过神来，也不知道这是阎王的判决，还是皇帝自己的心判。

后来剑伤无休止地疼痛，还无休止地做噩梦。一帮近臣整日围着皇帝打转，只希望他早日康复，大树不能倒啊！皇帝自知疾重难返，召长孙无忌、褚遂良、徐茂公等于榻前，说道："朕与卿等，扫除群丑，费了无数经营，始得归于一统。今四方宁靖，朕本无甚挂牵，唯太子躬行仁俭，宅心仁厚，望卿等齐心佐之。"

弥留之际，想到自己一生酸甜苦辣，五味杂陈，于是叫来太子千叮万嘱，仍放心不下。一千多年后有个诗人写了一首诗，或许可以表达此时皇帝内心：

每个人心中有一个死角，

自己走不出来，

别人也闯不进去。

我把最深沉的秘密在放那里。

你不懂我，我不怪你。

……

也许，我太会隐藏自己的悲伤。

也许，我太会安慰自己的伤感。

从阴雨走到艳阳，

我路过泥泞，路过风，

一路走来，

你若懂我，

该有多好。

再说智洗和尚，送走皇帝一行后，失踪了好长时间，听徒弟们说，师傅也没有详细交代，说心中似有大惑，希望找自己的师傅开释，听口气是回黄梅破额山寻师祖去了。

一天，智洗大师又回来了，他叫来义方，又为他讲了一堂功课："自性能含万法，名含藏识，若能思量，即是转识生六识，出六门，见六生。如是一十八界，皆从自性起用，自性若邪，起十八邪，自性若正，起十八正，若恶用即众生用，善用即佛用。"

"法无顿渐，人有利钝，故名顿渐。"

"佛无南北，人有贵贱，獦獠身与和尚佛性无差，一切般若智，皆从自性而生，不从外入。"又说道："缘分自有定数，你见了皇帝能心无旁骛，你的功课已达到了境界，我也不能再教你什么了。你若了却了凡尘就到黄梅东山寺去，我的师傅和师兄都在那里。"说着取了一个锦囊交给他，里面写着一句话：有情来下种，因地果还生，说"你若见到我师傅或师兄，把这个交给他。"义方不胜其解，拜谢大师，说我还要侍奉乃母到南方去，尽了孝道之后会去拜师。

智洗与义方道了别，知道自己出家之人，知道尘事太多，该结束了。他叫来其他徒弟，吩咐道："师傅带进门，修行靠个人，以后你们各自精进，并且官府已同意建庙住锡，你们不要用官府的钱财，要靠自己把这寺庙建起来，要从最里层往外建，一次建一进，记住如果义方回来，这庙可以建九进，如果不见他回，这庙不能完工。"说完一拍印堂，便径自圆寂了。

当朝圣上私访龙牙，尽管保密，也不准"皇帝起居实录"记载，但消息还是不胫而走，香客日益多起来。遵智洗遗言，龙牙寺不用官银，历经多年才建成，大庙风格独特，供奉异于其他寺庙。

大庙从最里一册建起，依次是：大雄宝殿：供奉释迦牟尼佛；大势至殿：供奉大势至菩萨，当地人也叫龙王殿；观音殿：供奉观音菩萨；药师殿：据说供有智洗和尚肉身佛；印心殿：供六祖佛，文殊殿：供奉文殊菩萨；门神殿：供尉迟恭、秦叔宝站身佛和财神菩萨；弥勒佛殿：供奉弥勒佛；最后一个殿因义方没有来，所以一直没有建。究其渊源，佛祖手语："不可说，不可说"。两百年后，这一段被刻意隐秘的历史被一个和尚看破，他把自己的法名取作龙牙居遁，并留下道缘记及龙牙颂十八首，让后人百般猜度：

龙牙山里龙，形非世间色。

世上画龙人，巧巧描不得。

唯有识龙人，一见便心息。

这便是其中的一首，真是：万山烟雨锁龙宫，被樵子流连，识破一盘棋局；千古水云迷洞口，问渔郎消息，放开几片桃花。千古谜团，只有仍奔腾不息的资水可以解说。

智洗圆寂了，义方心无挂碍，他再次去龙阳，取了父亲遗骨，陪着母亲沿资水逆流而上。他要跨过群山峻岭，陪母亲李氏回老家颐养天年。这事本来是父亲卢行瑶在世时就商量好了的，不料中途生出很多变故来。义方知道，自己已是属佛之人，只是红尘未了，他不能让母亲在这个无亲无故的地方老去。他下定决心无论千辛万苦，在所不辞。

龙牙遁之侍母南归

驱北归南因遇圣，枯木花开劫外春。
而今高隐苍梧外，月皎风清待缘成。

这边义方欲走，那厢苦了情真意切的菊花姑娘，苦心挽留。义方知道，不是菊花不好，而是自己已下定出家的决心，于是给出一偈，也当作劝慰：

"有情即解动，无情即不动，
若修不动行，同无情不动。"

菊花哪里能懂，天天驻足街头（因前面再向西就有一条水港拦着，不能再往前行了）空望西南，以泪洗面！"恸哭兮远望，见苍梧之深山。苍梧山崩资水绝，楚女之泪乃可灭。"思而悲，悲而绝，不久菊花就在思念中死去，家人将她葬在这相思港边，坟朝南。

卢义方、李氏母子历尽千辛万苦，回到岭南，一个叫新州的地方。这里已物是人非，义方征得母族首肯，帮父亲入了籍，此后，选一风水宝地，下葬了父亲，在墓旁种上一棵槐树一棵荔枝树。母子重新搭起房舍，母慈子孝，打柴为生，其乐融融。每晚义方都要给母亲背诵经文，从佛的教诲中他们得到了快乐。诗云：

> 天涯海角去藏身，
> 剑树刀山泛眼云。
> 真龙法脉丝犹在，
> 从陀南去树禅林。

过了十七年,李氏安详地离开了人世,义方安葬了母亲,回头把家里收拾得干干净净,跟邻居道别致安。说是要出远门一趟,很久很久才能回来。从此,岭南少了一樵夫,世间增加一圣人。邻居们念其德行一直帮他把屋打扫保持,直到一百多年后,这个房子依然完好安在。门前一副对联清晰如初:

进也人生,退也人生,人生进退物外游;
爱以天下,乐以天下,天下爱乐注心头。

是毕。

龙牙遁之龙牙隐寺

龙牙山里龙,形非世间色。
世上画龙人,巧巧描不得。
龙牙寺里佛,佛是龙伢僧。
一禅传妙意,真真说不得。